Oléma dans les appartements de la reine.

JEANNE LA FOLLE

Par CLÉMENCE ROBERT

I.

Dans l'appartement le plus retiré du palais de Tolède, la reine Isabelle, vers le midi d'une journée brûlante, repose quelques instants au fond de son alcôve. Des colonnes de porphyre soutiennent une voûte incrustée d'azur et d'or, d'où retombent des draperies de brocart portant l'écusson de cette grande souveraine, qui fut aussi un législateur, un conquérant, un héros. L'enceinte ombreuse est semée de paillettes d'or que le soleil jette du haut des ogives à travers les découpures de marbre.

Devant une de ces croisées, une jeune esclave maure est à demi couchée sur des coussins de velours; un dolman écarlate serre sa tunique de soie blanche; un voile de gaze étoilée tombe du sommet de sa tête jusque sur le tapis, où ses pieds délicats reposent dans des pantoufles ornées de pierreries. — Elle joue du luth et chante à voix basse... Mais le luth et la voix s'affai-blissent et s'éteignent peu à peu, car la reine vient de s'endormir à leurs sons.

Un homme entre d'un pas assoupi par les tapis de velours. A la vue de la jeune Maure, sa figure s'éclaire d'un rayon de joie.

— Oléma! je vous retrouve enfin! dit-il avec douceur.

— Silence! dom Philippe; la reine sommeille.

— Depuis deux jours, je ne vous ai pas aperçue; je n'ai pas même entendu de loin la douce vibration de vos chants.

— Retirez-vous, monseigneur; la reine goûte un moment de repos après de longues souffrances... repos qui précède de bien près celui de la mort... Ne le troublez pas, laissez Isabelle reprendre au moins assez de force pour vous assurer l'héritage de cette couronne que vous désirez tant.

— Ce que je désire le plus au monde, Oléma, c'est d'être aimé de toi.

— Si la reine de Castille, dans son sommeil, pouvait

entendre l'archiduc Philippe, l'héritier de son trône, l'époux de sa bien-aimée fille Jeanne, dire que ce qu'il désire le plus au monde est l'amour d'une esclave maure, elle croirait faire un songe affreux.

— Mais elle repose si paisiblement quand tu as fermé ses yeux avec tes charmantes mélodies.

— Je suis ici pour jouer et chanter. L'esclave musicienne n'est autre chose qu'un instrument qui résonne sous la main de son maître, et qui doit reprendre l'insensibilité du bois et de l'ivoire dès qu'il est remis dans un coin obscur.

Un regard d'admiration et de tendresse que Philippe le Bel jeta sur la jeune Arabe vint donner un démenti à sa feinte humilité.

— Oh! je supporterais bien la tristesse de mon sort, reprit-elle, si mon cœur n'était déchiré de peines profondes!.. Ben-Zagal, ce guerrier de ma nation, fait prisonnier par les Espagnols, et attaché au service de ce palais, va périr dans les supplices pour servir de spectacle au peuple dans ce jour où on célèbre la sainte Trinité. Il a prononcé quelques mots imprudents qu'on appelle *blasphèmes;* et après l'office du matin, il doit être jeté dans la fosse des bêtes féroces... Tout à l'heure, j'entendais déjà les cloches qui sonnaient pour l'ouverture de cette fête : on m'a dit de chanter, de jouer du luth, et j'ai joué, j'ai chanté! A ce son funèbre qui annonçait la mort du compagnon de mon enfance, j'ai chanté les rondes légères que nous dansions ensemble autrefois sous les sycomores de notre chère patrie... Ne suis-je pas un instrument bien docile?

— Je n'ai qu'un mot à dire pour te délivrer de cette servilité, et quand tu voudras je le prononcerai.

— Vous n'avez qu'un mot à dire pour arracher Ben-Zagal au supplice; je veux que vous disiez d'abord celui-là.

— C'est impossible : l'infidèle a élevé la voix contre le Dieu des chrétiens et contre le roi Ferdinand, époux d'Isabelle qui prétend comme moi à la succession du trône de Castille. Si je protégeais cet esclave qui l'a insulté, on prendrait cette faveur de ma part pour une nouvelle hostilité contre mon compétiteur, et nos divisions ont déjà fait trop de bruit.

— Et vous ne m'aimez pas assez pour braver quelques querelles de famille? dit-elle en mettant dans ces mots toutes les grâces de la séduction.

— Oh! quand tu me parles ainsi, dit le prince, quand ta voix douce et impérieuse, quand ton regard suppliant et fier semblent jeter un défi à mon amour, je ne vois plus que toi seule, je ne veux plus que t'obéir.

— Eh bien! seigneur, courez délivrer Ben-Zagal.... Écoutez! les cloches sonnent encore; le son qui s'élève ou s'abaisse accompagne les prières des prêtres dans le temple. L'office n'est pas terminé; vous avez le temps d'arrêter le sacrifice sanglant qui doit le suivre.

— Et si je t'accorde la vie de ton frère, qu'obtiendrai-je de toi en retour?

— L'esclave peut-elle donner quelque chose qui n'appartienne d'avance à ses maîtres?

— Pour prix de mon obéissance à tes désirs, promets-moi de venir un instant, seule, ce soir, au *bois des lis,* afin que je puisse te dire au moins que, quoi qu'il en coûte, je suis heureux de faire quelque chose pour toi.

— Paix! seigneur, la reine s'éveille.

— Réponds vite.

— Oh! le son des cloches se tait!... on va se rendre sur la place Mayor... dans une heure, Ben-Zagal ne sera plus!

— Réponds donc... la reine se lève, elle vient... Si

tu consens à ce que je demande, touche la corde d'argent de ton luth : je volerai délivrer le Maure et l'attendrai ce soir.

Isabelle descendit les degrés de sa couche, et elle avança soutenue par la jeune esclave qui était accourue au-devant de ses pas.

Cette grande reine était alors au déclin de sa carrière. L'âge ajoutait encore à sa majesté, car chacune des années qui pesaient sur sa tête avait été marquée par d'illustres travaux, par des triomphes sans fin; et les cheveux blancs, les sillons du temps, loin de déparer son front, ne semblaient être là que pour attester le nombre de ses succès. Elle avait conservé jusque dans l'âge avancé la puissance de ce regard qui faisait un héros de chacun de ses soldats, le charme de cette voix qui portait ses sujets à lui obéir autant par amour que par devoir. Toute sa vie elle avait réuni les attraits d'une femme au génie d'une souveraine; et, tandis que l'État tremblait de voir disparaître ce soutien invincible, le peuple jetait comme un encens de plaintes et de regrets aux derniers beaux jours de cette femme aimée.

Philippe lui parla avec la tendresse d'un fils des souffrances dont elle était accablée, de l'affaiblissement rapide qui en était la suite. Il sembla attribuer son état maladif aux fatigues d'une royauté qui avait été bien pesante à porter.

— Non, dit-elle, les travaux glorieux ne fatiguent pas. Quand on n'a qu'un peuple à gouverner, des armées à conduire, des villes à fonder, la joie du succès et son légitime orgueil viennent vous rendre plus de forces que vous n'en avez perdu... Que de fois, Philippe, quand j'avais passé la nuit sous la tente à rédiger des lois pour les pays conquis, à marquer sur la carte des deux mondes ceux qu'on pouvait conquérir encore, nos galants chevaliers me disaient au point du jour que mon visage n'avait rien perdu de son éclat pendant cette longue veille, et que je reparaissais comme le soleil, qui, au lieu de se reposer le soir, éclaire d'autres mondes, et revient au matin dans toute sa splendeur.

— Cependant, madame, les triomphes n'ont point cessé de suivre vos pas, et les forces du corps semblent vous abandonner.

— C'est que j'ai eu à supporter des atteintes plus cruelles que les soucis et les labeurs de la royauté... Que voulez-vous, mon enfant, chacun a sa part de douleurs ici-bas : tout me réussissait au dehors, j'ai dû trouver des revers, des tristesses au sein de mes foyers; j'étais trop heureuse comme reine; j'ai dû souffrir comme femme, comme mère.

— Madame, je sais combien vous sont cruelles les dissensions sans cesse renaissantes entre votre époux et moi, et qu'on attribue à la rivalité de nos ambitions; mais je suis disposé à tous les sacrifices pour terminer ces troubles intérieurs.

— Ils sont un sujet de peine sans doute, mais il en est encore de bien plus cruels, et qui viennent de plus loin. Vous le savez, j'ai perdu bien jeune l'infant Jean sur lequel reposait l'espoir de ma dynastie; sa sœur Marie m'a été enlevée dans le même berceau. Il ne me reste que Jeanne, ma dernière fille... et puis-je dire qu'elle me reste!... Hélas! dans l'état d'abattement et de souffrance où elle est plongée, je crois souvent n'avoir plus d'elle, comme de mes autres enfants, qu'une ombre et un souvenir.

A ce nom de Jeanne, à cet accent maternel avec lequel il était prononcé, Philippe dit d'une voix un peu embarrassée :

— La princesse de Castille a apporté le germe de son mal en naissant.

— Oui. La malheureuse enfant est douée de peu de beauté, de peu de force de tempérament, et son âme est sombre comme son visage, faible comme son corps. Tous deux semblent plier sous le poids d'une étrange mélancolie. Son enfance silencieuse n'a fait entendre aucune des joies de cet âge. Aux plus tendres épanchements de ses compagnes, à leurs sourires d'espérances, Jeanne répondait par un mot de tristesse, un froncement de sourcil, une fuite soudaine. Souvent elle rêvait des heures entières sans qu'on connût le secret de ses pensées ; puis une larme coulait de ses yeux, et elle levait au ciel un regard qui semblait exprimer une plainte, un reproche. Elle paraissait craindre l'aspect des plus beaux jours ; quand le ciel brillait de toute sa splendeur, elle se tenait enfermée au fond du palais ; mais quand l'orage venait d'éclater sur les jardins, elle courait parmi les allées encore humides, elle prenait entre ses mains leurs fleurs brisées par l'ondée, et semblait goûter les douceurs d'une amitié fraternelle au milieu de ces frêles débris. Et chaque fois qu'on interrogeait la pauvre petite sur ces étranges tristesses, elle mettait la main sur son cœur et répondait par ce seul mot : *pressentiment*.

Il y avait tant d'onction pénétrante dans la voix de cette grande reine parlant ainsi de ses inquiétudes de mère, que le prince Philippe, malgré sa légèreté naturelle et ses vives préoccupations, se laissait aller à l'écouter avec une tendre sympathie.

— Quand on lui parla de son mariage avec vous, dom Philippe, continua la reine, ses longues rêveries, ses tressaillements subits, ses contemplations mystérieuses se montrèrent plus souvent encore... mais elle vit votre portrait ; les avantages dont la nature vous a doué firent sur elle une profonde impression : l'amour parut déjà remplir toute son âme ; quelques rayons de joie vinrent briller sur ce front où ils semblaient étrangers... Vous savez à quel degré d'exaltation cet amour plus tard s'est porté ; vous avez eu à souffrir de ces excès parfois insensés... Quelque chose me dit que la vie de Jeanne est fatalement liée à cet amour, que vous disposez non seulement du bonheur, mais de l'existence de mon enfant... Protégez-la, dom Philippe ; vous êtes son dieu ; soyez un dieu d'indulgence et de bonté ; c'est moi qui vous le demande avec toutes mes larmes de mère...

Puis Isabelle se tourna vers la jeune Maure silencieuse.

— Et toi, ma chère Oléma, toi qui possèdes dans les chants et dans les cordes que tu fais résonner sous tes doigts des charmes si puissants, tu iras dans son palais attristé, tu iras bercer de tes accords sa pauvre âme souffrante.

En ce moment on annonça la princesse de Castille.

Jeanne approcha à pas lents. Sa taille frêle et un peu courbée, ses longs vêtements noirs, sa démarche recueillie, son front bordé de cheveux noirs en bandeaux, la pâleur de son visage qui paraissait venir des austérités d'une vie ascétique, lui donnaient quelque aspect d'une religieuse égarée au milieu d'un palais. Et en effet, dans ce séjour de grandeurs et de plaisirs, elle vivait enfermée dans ses secrètes souffrances comme dans le cloître le plus profond.

A la vue de Philippe, une légère rougeur colora ses traits. Il remarqua pour la première fois l'extrême dépérissement de son visage et attacha sur elle un regard de pitié.

En ce moment, une rumeur qui semblait celle d'une foule empressée et joyeuse se fit entendre sous les fenêtres du palais.

Isabelle appela un officier de service pour lui en demander la cause.

— C'est un infidèle qu'on va jeter dans la fosse aux lions, répondit le capitaine des gardes, et je ne sais d'où vient l'empressement du peuple à le voir, car ce n'est pas un spectacle bien rare.

La jeune Arabe, qui avait tenu ses regards fixés sur Philippe depuis l'entrée de la princesse de Castille, frémit de tout son corps, porta vivement la main à son luth et fit résonner la corde d'argent... A ce son, Philippe, oubliant tout le reste, jeta à la belle esclave un coup d'œil passionné et sortit précipitamment.

Dès qu'il se fut éloigné, le front de Jeanne se couvrit d'un nuage plus sombre. Elle regarda avec une tristesse inquiète l'esclave maure ; et sa mère, voyant que la présence de cette jeune beauté la faisait souffrir, ordonna à Oléma de se retirer.

— Mon enfant, dit Isabelle dès qu'elle fut seule avec sa fille, je vous ai fait mander près de moi, parce que j'ai d'heureuses nouvelles à vous apprendre. Le moment est venu où je dois nommer mon successeur à la couronne de toutes les Espagnes... Et l'affaiblissement rapide de mes forces me rappelle chaque jour que je ne dois pas tarder davantage. Vous savez que, quelle que soit sa puissance, la volonté d'une reine est toujours soumise aux raisons d'état. La nation est divisée aujourd'hui en deux partis : l'un veut que je laisse la régence à Ferdinand V jusqu'à la majorité de votre fils dom Carlos ; l'autre veut que je vous lègue, à vous et à votre époux, le trône qui vous appartient par droit de naissance. Dans ce conflit d'opinions, notre ministre, le cardinal Ximenès, a fait sonder les dispositions des états, et il m'a appris, à la grande joie de mon cœur, que les principaux ordres de la nation paraissaient pencher en votre faveur. Il ne nous reste plus qu'à savoir auquel des deux prétendants le roi de France, Louis XII, accordera son alliance ; et, si c'est vous qui obtenez cet appui, la politique d'accord avec mon plus cher désir, me permettra de signer de suite le testament qui vous investit, vous et dom Philippe, du pouvoir suprême. Je serai bien heureuse de vous y voir parvenir, si ces splendeurs peuvent quelque peu dissiper votre tristesse.

— Oh! que Philippe sera beau avec la couronne! dit Jeanne en joignant les mains dans une ardente extase. Oh! ma mère, que je vous remercie !

— Toujours absorbée par votre amour ; quand je vous parle de vous, ma fille, vous me répondez par le nom de Philippe.

— Eh! moi, n'est-ce pas lui? Pauvre créature qui ne suis rien par moi-même, je ne vis que dans cet être resplendissant de toutes les beautés, de toutes les grandeurs, auquel un lien éternel m'a unie.

— Ma fille, une reine doit briller par elle-même, et je voudrais vous en voir la noble ambition.

— Croyez-moi, ma mère, le sceptre est peu fait pour moi ; mon ambition c'est la grandeur de Philippe, mon bonheur... c'est un de ses sourires, ma couronne ce serait son amour... Mais celle-là m'est refusée, je ne l'obtiendrai jamais.

— Et pour cet amour insensé vous oubliez vos devoirs, le soin de votre propre vie! il y a deux ans, quand l'archiduc Philippe était retenu à la cour de l'empereur Maximilien par d'importantes négociations, vous voulûtes partir pour l'Allemagne au cœur de l'hiver, quand la mer était dangereuse et la terre couverte de glace.

— Je voulais revoir Philippe.

— La flotte qui devait vous emmener n'était pas prête ; on vous vit descendre du château de Medina-de-

Campo, seule, vêtue de simples habits ; et disant que vous alliez partir à pied.

— Je voulais le revoir.

— On leva devant vous les ponts du château, et vous demeurâtes devant ces insurmontables barrières, à peine vêtue, prenant vos repas sur la terre durcie par le froid, sans que rien pût vous arracher de cette place.

— Ma mère, je voulais le revoir !

— Et maintenant, quand vous êtes à peine arrivée, quand une nouvelle destinée se prépare pour vous, vous ne songez ni à votre peuple qu'il faut gouverner, ni à votre empire qu'il faut défendre, ni à votre fils qu'il faut élever en roi...

— Hélas ! Philippe me fuit !.. Vous le voyez, à mon approche il vient de s'éloigner sans m'adresser un regard, une parole.

Une larme vint dans les yeux de Jeanne et coula lentement sur son visage pâli.

— Pauvre enfant ! dit sa mère, dont le cœur fondit de pitié, tu souffres donc bien !

— Ce ne sont pas des souffrances, c'est ma vie entière qui est ainsi faite de douleurs depuis six ans..... Car il y a six ans de ce jour-là... J'étais assise dans la partie la plus éloignée du parc, dans le *bois des lis* ; je regardais ces belles tiges qui croissent si hautes à l'ombre des chênes verts ; leur parfum portait un enivrement délicieux et cruel à la fois... On m'apporta le portrait de l'archiduc Philippe qu'on m'offrait pour époux. Je crus voir dans ce visage une de ces fleurs que je venais de contempler, un beau lis vivifié des formes humaines, animé du souffle de Dieu ; et le parfum qu'il exhalait, c'était l'amour... Je ne pouvais me lasser de le voir ; je rentrai au palais et je le regardai encore... En cet instant, je rencontrai ma figure dans une glace. Soit que la contemplation à laquelle je venais de me livrer eût accoutumé mes yeux à la beauté idéale, soit que l'amour me fît sentir le besoin de plaire et attacher plus de prix aux attraits extérieurs, pour la première fois je sentis que j'étais laide..... et je le sentis avec désespoir..... Hélas ! vous aviez perdu au berceau mon frère et ma sœur, qui étaient faits à votre image, toute de grâce et de beauté, et je restais sur la terre, moi, disgraciée de la nature, qui n'étais votre fille que par le cœur !... Chaque coup d'œil que je jetai sur le miroir qui m'offrait ces traits sans charmes, ce teint sans fraîcheur, était un coup mortel dans mon sein. J'avais honte de mon rang auquel le sort opposait ma personne comme une amère dérision. J'étais née sur les marches du trône, et l'enfant des plus pauvres cabanes semblait mieux faite pour porter la pourpre que moi !.. J'avais surtout le cœur déchiré de penser que ce beau prince, identifié à mon nom, à ma fortune, ne le serait point à moi-même ! Voilà où ont commencé mes tourments, et Dieu sait jusqu'où ils sont arrivés !

— Oh ! ne rappelle pas ces cruelles pensées ; tu deviens plus pâle que la mort...

— Mon Dieu ! ma mère, à quoi voulez-vous que je pense ? Philippe ne m'a jamais aimée. La femme abandonnée par ce qu'elle aime a du moins quelques souvenirs des beaux jours sur lesquels repose son âme ; mais moi, les jours de mon passé sont comme les pierres d'un champ funèbre où il n'y a que des dates de mort.

— Espère encore.

— J'ai cru toucher le cœur de Philippe par l'excès de mon amour, par une soumission sans bornes, par ma vie entière passée à ses genoux. Il a reçu les adorations dont je l'entourais comme autant d'atteintes portées à sa froide tranquillité et cette passion qu'il ne partage pas, il m'en fait un crime.

— Malheureuse enfant !

— Ce n'est pas tout encore, Philippe, indifférent pour moi, devait en aimer d'autres. Il m'a fallu voir ou soupçonner partout cet amour, trembler à chaque femme qu'il approchait, connaître la jalousie, ce supplice formé de honte et de douleur, qui vous rappelle sans cesse que vous êtes indigne d'être aimée, en vous montrant la femme plus belle et plus charmante. Il m'a fallu avoir toujours sur les lèvres un reproche pour celui que j'adorais, errer autour des lieux qu'il habitait, épier ses moindres mouvements, suivre ses pas dans l'ombre, m'abaisser à une surveillance odieuse, trouver l'humiliation avec le désespoir... Dites, ma mère, n'y a-t-il pas là de quoi faire pâlir le front ?

— Il y a là des douleurs mortelles... Et cependant, Jeanne, tu ne me dis pas tout en ce moment. Ces souffrances que tu m'avoues sont celles qui s'épanchent auprès d'une mère, ces larmes peuvent couler dans le sein d'une amie, et tu as des peines cachées à tous les yeux, des larmes enveloppées de mystère..... Tu t'enfermes des jours entiers, seule dans ton oratoire ; on entend murmurer des mots étranges ; mais, en entrant dans l'église, tu t'arrêtes à une pensée soudaine, et tu tombes à genoux loin de l'endroit marqué pour la place royale ; tu sembles fuir le jour, et on te voit sortir la nuit pour errer dans la galerie ruinée qui donne sur le Tage, ou dans ce *bois des lis* si funeste à la paix de ton âme.

— Oh !.. ma mère, ma mère ! ne m'interrogez pas !.. J'ai avoué tout ce que la bouche humaine peut dire.

— Aussi, ma fille, ce n'est pas à moi que je te demande de confier ces cruels secrets, mais à Dieu. J'ai voulu te voir aujourd'hui pour te supplier d'avoir recours aux bienfaits de la confession auprès du plus ferme soutien des consciences, auprès de ce sage Ximenès, de ce saint vivant qui peut opérer le miracle de te consoler et de te guérir.

La princesse de Castille, interrompit vivement sa mère, en étendant la main vers les cours de l'Alcazar.

— N'entends-je pas, dit-elle, le nom de Philippe prononcé avec des actions de grâces ?

Isabelle souleva le rideau de la fenêtre.

— Oui, dit-elle, ce sont les Maures qui ramènent au palais un de leurs frères condamné à mourir aujourd'hui dans l'amphithéâtre, et auquel le prince aura sans doute accordé la vie.

Jeanne demeura attachée à cette croisée, l'oreille attentive au nom qui était prononcé. Bientôt elle vit passer sous le cintre du portique le prince qui se rendait aux jardins du palais avec quelques-uns des seigneurs flamands qui composaient sa cour, et elle demeura absorbée dans cette douce contemplation.

II.

Les vastes jardins de l'Alcazar, qui s'étendaient jusqu'au Tage, étaient embrasés de tous les feux du jour ; la terre faisait-miroiter une nappe de lumière, et la moindre fleur atteinte par le soleil sous la voûte de verdure, expirait de chaleur en jetant son plus pénétrant parfum. Le prince Philippe et ses jeunes courtisans parcouraient lentement les longues allées, baissant la tête pour s'abriter sous leurs grands chapeaux ombragés de panaches. Un esclave maure, couché sur le sable brûlant, recevait toutes les ardeurs du ciel sur sa tête nue comme de faibles rayons.

— Quel est cet homme, mon prince ? demanda le comte d'Egmont à l'archiduc.

— Un pauvre Maure d'Afrique, que je viens de sauver des bêtes féroces, auxquelles mon vieux beau-père voulait le faire jeter ce matin pour terminer l'office de la sainte Trinité par un sacrifice tout miséricordieux.

— Puisque c'est un Arabe, reprit d'Egmont, je vais lui demander quelque chose.

— Il ne vous entendra pas, d'abord parce qu'il dort, ensuite parce qu'il ne comprend pas l'espagnol... Laissez-le se reposer de son chemin au bord de la tombe.

— Mon prince, ces Arabes sont les meilleurs médecins du monde : ils connaissent une plante qui guérit non-seulement les maux du corps, mais ceux de l'âme ; un baume qui calme la tristesse et les regrets.

— Eh bien ?

— Eh bien ! dans ce jour où la reine va choisir son successeur entre vous et Ferdinand ; où elle va donner à l'un de vous le trône de Castille, il faut que le Maure trouve cette plante précieuse pour l'offrir à l'autre.

— Si ce n'est que cela, mon cher, laissez dormir l'esclave. Il n'est aucun baume qui puisse guérir Ferdinand ni moi de l'ambition et de l'envie ; chez moi parce qu'elles n'existent pas, chez Ferdinand parce qu'elles sont incurables.

— Sans doute, monseigneur, vous ne pouvez sentir la convoitise ardente et jalouse qui anime votre très-honoré beau-père, mais vous devez avoir le désir légitime de ceindre la plus belle couronne du monde sur le front le plus digne de la porter.

— J'attends fort paisiblement la décision de la reine.

— Régnez, mon prince, je vous en supplie au nom de nos pourpoints de soie que Ferdinand a proscrits sans pitié pour ces vilains habits de drap (1), et qui attendent tristement au fond des coffres qu'un prince, ami de l'humanité élégante, leur permette de revoir le jour.

— Vous pensez tous que mon règne sera celui du luxe, des plaisirs et des fêtes, et vous faites des vœux bien sincères pour moi.

— Nous pensons, en effet, dit le duc de Montfort, que la vie sera plus douce sous vos lois que sous celles d'un prince qui fait de la vie un long carême, qui ne reste qu'un quart d'heure à table, qui ne mange que de deux mets, qui ne boit que deux fois et qui prend des *oremus* à son dessert, qui se fait moine à la cour, tandis qu'à la cour les moines se font rois.

— Mais surtout nous pensons, reprit le comte d'Egmont, que sous Ferdinand, dont la manie est de vaincre encore les Sarrasins tout vaincus qu'ils sont, il nous faudra recommencer ces grands exploits de la chrétienté contre le croissant, défleuris maintenant et passés de mode, même dans les romances ; nous ne serons que les pâles imitateurs, les plagiaires des Gonsalve, des Mendoz, des Padilla. Tandis que sous vos lois, prince Philippe, laissant en paix les Maures et les exploits surannés de nos pères, nous irons conquérir la civilisation des contrées voisines bien plutôt qu'un coin de terre ; et, ne relevant pas de nous-mêmes, nous commencerons un règne au lieu de le finir.

— La meilleure partie de l'Espagne pense comme vous, comte d'Egmont, répondit le prince. Aussi la nation est aujourd'hui divisée en deux camps. Pour Ferdinand, tous les vieux soldats qui ont combattu avec lui, tous les hidalgos qui pensent avoir tout fait pour l'Espagne, en chassant les mœurs élégantes et chevaleresques des Maures, pour y ramener les lois de fer, les habits de laine, les habitudes des camps, toute la barbarie primitive, y compris les bêtes fauves qui ra-

vageaient autrefois son territoire, et que les inquisiteurs représentent très bien. Pour moi, les jeunes chevaliers, les femmes, les artistes, les poëtes, tous ceux qui voudraient joindre les charmes de la vie morale aux enchantements du climat, qui voudraient appeler l'esprit, la grâce, les délicates voluptés des cours de France et d'Allemagne dans leur belle patrie, et faire régner la muse du Nord au milieu des orangers ; tous ceux qui pensent que le luxe, les fêtes et les amours sont les meilleurs moyens de civiliser un peuple, et qui se chargeraient volontiers de le conduire dans cette voie ; tous ceux enfin qui, ainsi que vous, mon cher d'Egmont, aspirent à paraître beaux et resplendissants sous le pourpoint de soie.

— Un mot d'Isabelle va terminer ces différends, décider du sort de l'Espagne... Nous devons espérer que ce mot vous sera favorable, car elle adore sa fille Jeanne, et voudra lui léguer la royauté que vous partagerez avec elle.

— Isabelle est reine et ne peut se livrer à la douceur d'être mère. Les exigences de la politique dicteront seules ses arrêts. L'alliance de la France accordée à Ferdinand ou à moi sera une des premières conditions qui détermineront son choix ; et nous attendons au premier moment l'envoyé de Louis XII, qui apporte nos destinées dans le pan de son manteau.

— Vrai Dieu ! voilà donc pourquoi le vieux roi est si galant pour les ambassadeurs de cette nation ! il parle sans cesse français ; il porte son manteau à la française, il chasse au cerf à la française, il chasserait aux amours pour être mieux à la française, si sa barbe grise ne l'empêchait de pousser la flatterie jusque-là.

A ces mots, le prince et ses confidents quittèrent la place où ils s'étaient arrêtés en causant. Il y avait au fond du parc un vaste bosquet de chênes verts, qu'on appelait le *bois des lis*, à cause des touffes nombreuses de ces fleurs qui croissaient au pied des grands arbres.

Le comte d'Egmont voulait aller chercher de l'ombre de ce côté.

— Oh ! non, dit Philippe en regardant pourtant l'épaisseur du bois avec amour ; non, pas à présent. Le bois de lis n'est beau que la nuit, lorsque ses fleurs blanches se détachent sur un fond d'ombre à la lueur des étoiles, et que le rossignol chante dans ses branches. Et ils se dirigèrent vers un pavillon élevé à peu de distance du bois.

III.

Dès que les seigneurs se furent éloignés, l'esclave arabe se dressa du pied de l'arbre où il était couché et les accompagna d'un regard sauvage ; sa face basanée s'éclaira d'un sourire. Il prit une bêche et se mit à remuer activement la terre de ces jardins, dont la culture lui était confiée.

La jeune Maure Oléma était debout devant lui.

— Tu travailles avec bien de l'ardeur, Ben-Zagal, lui dit-elle.

— C'est que je viens de secouer un lourd fardeau : la pierre de la tombe qui devait me recouvrir aujourd'hui, et cela me rend léger à l'ouvrage. Un caprice de mes maîtres m'avait condamné au supplice, un autre caprice m'en a délivré, et je reprends ma tâche avec la vie.

— Ta double tâche d'esclave et de libérateur.

— Ces beaux sycomores que je plante ici, Oléma, ces arbres d'Afrique, ce sont les Maures qui reviennent prendre possession de la terre d'Espagne. Je les arrose-

(1) Un arrêt de Ferdinand défendait de porter la soie et la dorure hors les jours de fête.

rai de ma sœur, de mon sang s'il le faut, et j'espère qu'ils verdiront.

— Dans les tribus arabes, tu étais un chef puissant; tu avais la tente au bord du Nil, les femmes les plus belles à tes pieds, les guerriers les plus vaillants sous tes lois, de nombreuses caravanes dans le désert... Et tu as tout quitté pour venir ici travailler à la délivrance de l'Espagne, ta première patrie. Pour y pénétrer, tu t'es mêlé aux prisonniers de guerre faits par les Espagnols. Et les insensés n'ont pas reconnu parmi les combattants vulgaires le sceau de celui qui ne se fût jamais laissé vaincre.

— Tout cela est vrai, Oléma; mais tu ne dis pas toute la vérité. Tu ne dis pas que, quand j'ai quitté ma tente et pris l'habit d'esclave pour venir habiter ce palais, c'est que tu étais esclave, c'est que tu habitais ce palais. Tu ne dis pas que, si l'amour de la patrie me retient ici, un amour plus grand m'y fait parfois un paradis de l'esclavage; que te voir un instant, t'adorer à genoux, te donner une de ces fleurs que je cultive, seul bien que je puisse ravir pour toi à mes maîtres, est un plus grand bonheur que la liberté et la puissance loin de toi, et que la plus grande ambition du futur libérateur de la Castille est d'être aimé de toi.

— Puis-je ne pas t'aimer, Ben-Zagal; ne sommes-nous pas unis par le même sang et par la même cause, par le même berceau et peut-être par la même tombe?

— Oui, mais la nature et l'éducation ont mis entre nous une si grande différence que je crains toujours de te voir dédaigner l'amour d'un barbare comme moi. Nous sommes nés tous deux à Grenade, et nous y sommes restés ensemble jusqu'à l'âge de seize ans. Nous nous aimions alors, nous mêlions nos jeux d'enfants, nous unissions nos danses et nos chants à l'ombre des palmiers, au son des hautbois. Mais tes parents sont restés dans la capitale mauresque pendant les six années de guerre qui ont entouré ses murs; les miens, au premier assaut, désespérant de la sauver, se sont enfuis en Afrique, leur antique berceau, et m'ont emmené au désert avec eux. Tu as grandi dans cette ville de luxe et de voluptés, où les fêtes, les tournois alternaient les batailles, où les fastes de la guerre s'écrivaient en romance, où les vaincus, s'endormant dans les lambris de marbre qu'ils conservaient encore, croyaient n'avoir rien perdu tant qu'il leur restait la coupe et la lyre; dans cette ville où le pouvoir de la beauté était plus grand que celui des armées, où les vainqueurs trouvèrent derrière les murailles écroulées l'empire des femmes, de l'amour, de la poésie, qu'il leur fallait vaincre encore. Et de ces femmes, célèbres par tout l'univers, tu étais devenue la plus belle et la plus charmante. Moi, j'ai grandi au désert. Mes jeux ont été la chasse dans les savanes, la nage dans le grand fleuve; mes études, le combat des tigres et des lions; mes fêtes, les courses aventureuses dans l'immensité; mes concerts, le bruit de la tempête, dans les tourbillons de poussière. Et ces jeux, ces études, ces fêtes, avaient si bien profité à mon âme impétueuse et solitaire, que, parmi ces hommes aux mœurs errantes et barbares, on m'appelait, moi, *Zagal le Sauvage*... Qui peut donc réunir la fille de Grenade et l'enfant du désert?

— L'amour.

— Oh! tu as dû oublier l'ami de ton enfance, au milieu des plaisirs éblouissants qui entouraient ta vie. Mais moi, j'ai gardé ton image pour la voir s'embellir dans la solitude. Si tu savais, Oléma, comme l'amour est grand au désert! Un silence éternel laisse retentir toute la puissance de sa voix au fond de l'âme; l'immobilité de l'horizon laisse passer dans toute leur splen-

deur ses visions enchanteresses. Les palmiers, dont la tête touche à la voûte du ciel; le fleuve, dont une journée de voyage ne traverse pas les flots; le sphinx dormant depuis des siècles sur sa couche de sable; tous les objets qui vous entourent ont tant de grandeur, qu'on élève le sentiment à leur grandeur immense; tout apporte à votre esprit la pensée de l'éternel et de l'infini: et, pour le jeune Arabe, l'esprit c'est le cœur, la pensée c'est l'amour... La rêverie est bien longue, là où rien ne mesure le cours du temps. Combien de fois, Oléma, quand une nuée blanche passait à l'horizon embrasé, je voyais ton image dans cette légère vapeur, et les rayons du soleil semblaient mon amour qui l'enveloppait de ses feux; mais tu étais toujours dans mon ciel et jamais dans mes bras!.. Un jour, j'appris que Grenade était vaincue et que tu étais esclave; et ce jour même j'étais en route pour revenir sur la terre natale et près de toi. Je me mêlai aux prisonniers que les Espagnols venaient de faire dans la Sierra... Hélas! le nombre en était trop grand pour qu'on pût s'apercevoir d'un de plus.

— Oh! parmi les glorieux enfants de Mahomet, qui a jamais fait autant que toi!

— Tout mon désir alors était d'habiter ce palais. Heureusement, parmi nous les chefs guerriers connaissent l'art de cultiver les simples, car Dieu, pour les purifier du sang qu'ils font couler, veut qu'ils possèdent le moyen de fermer les blessures, et cette science m'a fait confier le soin de ces jardins.

— Et tu habites maintenant une cabane à l'ombre du palais de tes aïeux.

— J'y ai conservé mon trésor le plus précieux, mon bon cheval Coraïm, qui me regarde d'un œil caressant et ne semble pas trop triste de la perte de la liberté pour ne pas attrister son maître.

— Et chaque matin, tu sors avant que le soleil se lève pour surprendre le regard de Dieu et l'implorer, tandis que la tyrannie dort encore; tu travailles jusqu'au soir à parer de fleurs le sol que vient fouler le pied des usurpateurs, tu remues la terre, tu tires l'eau des citernes pour leur faire croître des ombrages plus frais et plus voluptueux.

— L'espoir de la vengeance me soutient.

— Il touche au moment de se réaliser; Isabelle n'a plus que quelques jours à vivre.

— Et d'après ce que je viens d'apprendre par l'entretien de l'archiduc Philippe et de ses courtisans, qui parlaient devant moi comme devant un serpent d'Afrique endormi sur l'herbe, leur reine, en mourant, léguera le trône à Jeanne de Castille et à son époux. Ce jeune prince, dédaigneux de toute prudence, endormi dans les plaisirs de l'esprit et des sens, va laisser ses remparts livrés aux assauts de nos frères, qui, depuis six ans, réfugiés dans les Alpuxarras, aiguisent leurs cimeterres sur la robe blanche (1) de ces montagnes. Que je puisse seulement arracher un sauf-conduit qui me permette de traverser la Castille! Et puis, à moi, mon fidèle Coraïm! emporte-moi d'un trait sur ces monts inaccessibles; que j'aille rassembler les miens, et que je revienne à leur tête reconquérir cette terre chérie, effacer de son sol ce palais espagnol qui l'oppresse, poignarder ses maîtres, et serrer Oléma sur mon cœur au milieu de leurs cadavres sanglants.

A ces mots, un froid intérieur saisit la jeune fille, un frisson parcourut ses veines; mais rien ne parut sur

(1) Une roche des Alpuxarras est encore célèbre par le serment que les Maures conjurés prêtèrent à cette place.

son visage, d'une fière impassibilité. Elle dit à Ben-Zagal d'une voix à peine altérée :

— C'est bien, mon frère, tu me trouveras toujours digne de toi au jour de la vengeance.

En parlant ainsi, les deux Maures s'étaient lentement avancés sous la voûte d'une allée de charmille. A ce moment, la muraille de verdure, éclaircie et formant une ouverture cintrée, leur découvrit le pavillon dans lequel Philippe et sa suite étaient venus se reposer. Ils s'arrêtèrent avec une sensation profonde.

Le pavillon avait une façade de marbre blanc sculpté, avec un léger balcon dont les fins balustres étaient enlacés de jasmins, de clématites et d'églantines roses. Derrière ce petit bâtiment, s'élevait une large galerie mauresque, à demi ruinée et d'une teinte grise, qui bornait le parc en cet endroit, et, de l'autre côté, donnait sur le Tage, dont les eaux resserrées bruissaient entre les rochers.

Sous les arceaux de l'antique galerie, on voyait passer par moments une forme sombre, une figure au pas lent et rêveur. Dans le fond du pavillon ouvert, le prince Philippe était couché sur un lit de repos, entre le comte d'Egmont et le duc de Montfort; les autres seigneurs flamands étaient étendus çà et là sur des coussins. On avait servi des fruits glacés, des petits pains de sucre de Malaga, et toutes ces liqueurs spiritueuses qui, sous le nom de rafraîchissements, échauffent le cerveau. Les jeunes gens avaient éloigné toute préoccupation politique; ils répétaient en chœur les chants des bardes du Nord, avec lesquels ils avaient été bercés.

Oléma et Ben-Zagal étaient restés fixés à leur place, cachés derrière les ramures; leurs regards plongeaient dans l'intérieur de cette délicieuse retraite, et ils en contemplaient le tableau avec une amère satisfaction.

Les jeunes seigneurs riaient en causant et buvaient en riant, la riche décoration de la salle resplendissait autour d'eux.

— Vois, disait Oléma à Ben-Zagal, vois, ces trophées sont les dépouilles de notre chère Grenade enlevées sous mes yeux. Vois cette cuirasse lamée d'or, c'est celle que le chef de ma tribu portait en mourant; vois cette javeline au fer rouge, c'est celle qui portait le signal du combat dans le camp espagnol; vois ce drapeau sur lequel on peut lire *victoire ou vengeance*, c'est le dernier enlevé sur nos remparts, celui qui, en tombant, laissait encore le défi derrière lui. Cette vaste coupe posée sur ce piédestal était celle de *l'hospitalité*, la plus large et la plus riche de toutes; on la choisissait pour la présenter à l'étranger. Cet autre vase, que Philippe remplit maintenant pour le passer à la ronde, c'est celui qui servait aux sacrifices dans la grande mosquée, et dont n'approchèrent jamais que les lèvres de l'iman. Cet objet qu'ils se jettent de l'un à l'autre dans leurs jeux d'enfants, c'est le diadème de Boabdil, sur lequel brillent encore quelques pierreries du croissant brisé...

— Oui, dit Ben-Zagal; mais Philippe remplit de nouveau sa coupe dans laquelle il jette des feuilles de roses pour rendre le vin plus enivrant... Il lui reste à peine la force de la soulever... Il s'appuie sur l'épaule d'un de ses courtisans aussi accablé que lui... Ses chevaliers chantent autour de la table... mais leurs voix s'affaiblissent, le théorbe tombe de leurs mains... leurs yeux se ferment dans l'ivresse!... Gloire à Dieu! le fer des Maures en aura bientôt fini avec de pareils ennemis!

— Et maintenant, vois derrière le pavillon, dans cette galerie sombre et à demi écroulée, ce triste fantôme qui se penche sur une colonne brisée, c'est Jeanne, c'est la reine qui va bientôt gouverner la Castille. Absorbée par une étrange maladie de l'âme, elle se consume dans la tristesse, comme Philippe dans les plaisirs; elle prie, elle souffre, elle pleure, au lieu de songer à régner. Ce n'est pas cette ombre de souveraine qui pourra défendre son trône.

— Oh! que le ciel donne bientôt l'Espagne à de tels maîtres, et l'Espagne est à nous!

Ben-Zagal, en élevant sa main dans un geste rapide, dérangea les branches d'arbres qui le cachaient. Le comte d'Egmont, qui s'était avancé sur le balcon, la tête assez vacillante, l'aperçut et lui fit signe d'approcher.

— Tiens, dit-il, puisque c'est toi qui cultives ces jardins, voici un ducat d'or pour les excellents ananas que tu nous as fait manger.

L'esclave s'avança et reçut la pièce d'or du seigneur.

— On disait ce matin que tu ne savais pas l'espagnol, reprit celui-ci, je vois cependant que tu as très-bien entendu.

— Je connais peu de mots de votre langue, répondit le Maure, mais on comprend toujours celui qui vous dit *tiens;* le mot tiens fait venir les animaux et les hommes.

— Eh bien! tâche de comprendre encore ceci : si tu nous envoies demain des ananas aussi parfaits, tu auras dix maravédis de récompense, sinon, tu recevras autant de fois la pomme de mon épée sur les épaules.

— Il est un fruit semblable à l'ananas, dit le Maure, qui, outre le parfum et la saveur de celui-ci, a encore l'avantage de produire des rêves délicieux.

— Et pourquoi ne le cultives-tu pas?

— Parce que la plante qui le porte ne se trouve que dans les gorges de la Sierra.

— Nous allons ordonner qu'on en fasse venir.

— Elle se dessécherait en route. Moi seul connais le secret de la transporter sans danger.

— Va donc en chercher dès demain. Gracieux prince, ajouta le jeune comte en se tournant vers Philippe, donnez-moi un sauf-conduit pour cet Arabe, afin qu'il aille nous conquérir ce fruit précieux qui donne de beaux songes. Nous voudrions savoir s'il est des rêves plus doux que la réalité qu'on goûte auprès de vous.

— Fou! dit l'archiduc, vous voulez que je donne un sauf-conduit à ce prisonnier, pour qu'il retourne parmi les siens.

— Il reviendra, j'en suis sûr. Ces Maures ont tant d'amour pour l'Espagne, qu'ils préfèrent souvent l'esclavage sur sa terre, à la liberté dans l'exil.

Le prince signa nonchalamment le papier que son favori lui présentait, mais il dit cependant :

— D'Egmont, vous dépensez bien légèrement un esclave.

— Bah! mon prince, ce n'est pas chose si précieuse; dans toutes les armées ennemies, il y a abondamment d'étoffe pour en faire, et nos épées vous en auront bientôt taillé par douzaines.

Puis le seigneur se pencha sur le balcon, et dit à Ben-Zagal, en lui jetant le sauf-conduit :

— Vois-tu, Maure, si tu nous apportes le fruit dont tu nous parles, et qu'il soit tel que tu le dis, nous te ferons libre et riche, tandis que si tu restes dans le pays des cyprès et des rochers, tu n'auras la liberté qu'avec la misère.

Ben-Zagal saisit le sauf-conduit, le pressa d'une main convulsive, fit deux pas en arrière, darda un regard de lion sur le prince et sa cour, et cria, en brandissant d'un geste violent le papier qu'il tenait :

— Je reviendrai!

Boi-Zagal le Maure.

IV.

La galerie mauresque qui s'élevait derrière le pavillon et s'étendait en légers arceaux entre les jardins de l'Alcazar et le cours du Tage, était conservée comme une relique des arts ; car, au milieu des sculptures précieuses qui la couvraient, les échancrures de ses murailles, rejointes par les rameaux du lierre et de la vigne-vierge, semblaient un ornement de plus. La nuit venait de tomber ; nulle lumière ne brillait en cet endroit, nul être vivant ne l'habitait que l'hirondelle endormie dans ses rosaces, et la pauvre Jeanne de Castille qui veillait pour songer à Philippe, et qui n'avait jamais assez de nuit et de solitude pour nourrir ses tristesses.

Tantôt elle s'asseyait sur un fût de colonne couvert de mousse ; elle répétait les longues et ferventes prières de l'amour. Tantôt elle parcourait les longueurs de la ruine, elle regardait les eaux du Tage, si paisible en cet endroit où les barques ne peuvent atteindre, et le bruissement de ses flots lui semblait la plainte d'une douleur éternelle. Elle regardait le ciel si pur, si resplendissant pour les autres, et il lui semblait obscur et voilé, parce qu'elle le voyait à travers ses larmes. Un moment, elle s'approcha d'une arcade de la galerie qui donnait sur le bois des lis, et le vif parfum de cet ombrage monta jusqu'à elle. Elle entoura de ses bras la frêle colonnette qui soutenait l'ogive pour mieux se pencher dans l'espace et aspirer à flots cet air pénétrant qui avait tant de pouvoir sur elle, puis, entraînée par une impulsion puissante, elle descendit l'escalier et se dirigea vers le bois. Le parfum de ces lis, au milieu desquels elle avait reçu le portrait de Philippe et commencé à l'aimer, était tellement identifié à son amour, que, pour elle dont la tendresse était toujours si comprimée, s'enivrer de cet air fatal était s'abandonner aux plus vifs entraînements de la passion.

Arrivée à quelques pas d'une clairière dans laquelle l'ombre était plus transparente, elle entendit un murmure de voix, elle vit quelque peu briller les dorures d'un habit de cour ; les battements de son cœur lui révélèrent la présence de Philippe... puis elle vit flotter auprès de lui quelque chose de semblable à un voile de femme... Elle s'arrêta, frappée d'une douleur vive et poignante ; une froide sueur inonda son visage... Cependant, déjà tant de fois sa jalousie avait fait naître devant elle ces cruelles visions, qu'elle n'en croyait plus ses yeux ni les déchirements de son cœur... Elle essaya de mettre fin à cette horrible incertitude en approchant davantage... mais ses forces défaillirent ; elle tomba au pied d'une statue, plus froide et plus morte que le marbre. Après quelques moments passés dans cet état, et dont elle ne connut pas la durée, la rosée des branchages, que le vent de la nuit secouait sur son front, l'éveilla de sa léthargie. Le souvenir lui revint ; elle voulut, s'il en était temps encore, éclaircir ses doutes affreux, et fit quelques pas vers l'endroit où elle avait cru apercevoir Philippe. Mais au même moment, les deux personnes qui s'y trouvaient encore en sortirent et passèrent dans l'allée qui était devant elle. Son regard enflammé perça le feuillage. Elle vit d'abord une

Les moines conduisant Oléma dans la chambre du conseil.

femme; le long voile qui tombait du sommet de sa tête jusqu'à ses pieds lui fit reconnaître la jeune esclave Oléma; un homme était près d'elle, mais cet homme portait un turban; un dolman serrait sa taille courte et vigoureuse. . Jeanne tomba à genoux et remercia le ciel. Philippe n'était pas là! ce n'était point Philippe qu'elle avait vu dans ce bois, la nuit, auprès d'une femme! Une fois de plus elle s'était trompée, une fois de plus elle revenait à la vie... Elle regarda de nouveau cet étranger : jamais rien ne lui avait semblé si beau et si doux à contempler; elle eût voulu se prosterner devant lui et baiser ses mains pour le remercier d'être là.

Au bout d'un instant tout disparut, et Jeanne rentra lentement dans l'Alcazar.

Les deux esclaves entrèrent dans une cabane de pierre brute, attachée comme un nid d'oiseau à une des murailles du palais, et qui était alors le séjour du fils des princes de Grenade, du chef guerrier qui avait en Afrique une puissante tribu sous ses lois. Des instruments de jardinage étaient tout l'ornement de cet endroit, avec des meubles de jonc et quelques nattes de paille qui cachaient un turban vert, des pistolets, un poignard.

Oléma s'assit sur une escabelle de bois en face de son frère.

Cette jeune Grenadine avait puisé dans le sang de sa famille, dans les souffrances que ses jeunes années avaient vu endurer à sa nation vaincue, et surtout dans sa nature fière et généreuse, un amour pour son peuple qui allait jusqu'au fanatisme le plus audacieux. Le retour de l'empire musulman était son rêve, son espérance de tous les jours, sa pensée, son amour, l'âme qui s'agitait dans son sein. Descendante d'une famille qui s'était révoltée contre la domination espagnole et avait péri dans les supplices, la condition la plus dure, celle de servir chez les vainqueurs, lui était échue en partage. Heureuse de tous les charmes, de toutes les séductions dont elle était douée, elle se plaisait à les développer, à les rendre plus puissants pour s'élever au moins au-dessus de ses maîtres par cette grandeur naturelle, et les tenir courbés sous son sceptre de grâce et de beauté. Dans sa haine de femme, elle trouvait un bonheur indicible à se faire adorer de ceux dont elle ne pouvait encore se venger.

Cependant, âme passionnée, cœur tendre, aimant à l'excès, elle eût pu sacrifier sa vie à l'amour si elle ne l'eût vouée d'avance à un autre dieu.

— J'ai reconnu ton arrivée de bien loin, Ben-Zagal, dit-elle; le pas d'un jaloux ressemble au bruit d'un serpent dans le feuillage.

— Que faisais-tu dans ce bois, seule, à cette heure?

— Je n'étais pas seule; j'étais avec l'archiduc Philippe.

Un orage subit se forma sur le front cuivré du Maure.

— Cet homme est jeune, il est prince, il est beau... le plus beau de la terre, dit-on, et tu avais avec lui un entretien secret!

— C'est à ce prix que ce matin il m'avait accordé la vie.

— Ma vie... eh? pourquoi le la donner!.. Je tremble de ce que tu vas me dire, je crains de regretter la mort.

— Philippe m'aime, il m'obéit; je lui ai dit de te sauver du supplice, et il t'a sauvé.

— Il t'aime!.. et pour obtenir cette grâce, tu l'as vu!

tu t'es approchée de lui! tu l'as imploré!... Ah! la dent des bêtes féroces m'eût fait moins de mal!...

— Pauvre insensé!

— Et ce soir encore, il était près de toi, dans l'obscurité de ce bois.

— Il était à mes genoux, il me parlait de son amour, moi je lui parlais de nos malheurs; je lui demandais d'être généreux pour les vaincus que l'Espagne tient maintenant en sa puissance, et mes paroles étaient mieux écoutées que les siennes.

— Ah! périssent tous les Maures plutôt que d'être sauvés par un regard de tes yeux épanché dans les yeux de Philippe.

— Que t'importe un homme de plus qui soupire d'amour pour moi?

— Il m'importe peu, en effet; car si j'étais arrivé ce soir un moment plus tôt, cela ne serait plus.

— Comment?

— Tu vois cette profonde citerne qui est au fond du jardin à l'ombre de deux palmiers; eh bien, j'y aurais jeté le corps de Philippe après l'avoir percé de coups, et chaque jour, en venant puiser de l'eau à ce bassin, je me serais miré dans ma vengeance.

— Tais-toi, Ben-Zagal... Tu veux tuer cet homme pour que Ferdinand règne à sa place, et que nous soyons repoussés dans l'exil plus avant que jamais. Moi, je veux qu'il monte sur le trône, parce que, jeune, imprudent, voluptueux, soutenu dans Tolède par ses seuls chevaliers flamands, le jour où il prendra possession de la Castille la livrera aux attaques de nos frères. Tu n'as qu'une jalousie vulgaire, te dis-je; tu ne sens que la rivalité d'un amant, tandis que moi, mon sang brûle de cette grande rivalité de nation, de famille, de dieux, de drapeaux qui divise les Espagnols et les Musulmans.

— Je t'aime au-dessus de tout : ma grandeur, ma vertu à moi, c'est l'amour.

— Pour l'accomplissement d'un grand dessein, il faut vaincre ses vertus comme ses faiblesses, il faut vaincre l'amour même.

— Tu oserais le demander?

— J'ose demander tous les sacrifices, quand je suis prête à les accomplir tous... Tu crois donc que toi seul es à plaindre, tu ne songes donc pas à mon sort, à moi? Tu es ici seul avec tes pensées sous la voûte du ciel; moi, je passe mes jours en esclave dans le palais où je devrais régner; tu n'obéis qu'au soleil et à l'air qui souffle, moi, j'obéis aux ordres des Espagnols; ta tâche est le noble labeur d'ensemencer la terre, ma tâche est de mentir tout le jour, de mentir dans mes sourires, dans mes chansons, dans ma feinte tendresse pour cette Isabelle qui me protége... Un horrible mensonge restait à faire, je n'ai pas reculé devant lui; j'ai renié mon Dieu, j'ai pris la croix des chrétiens et j'ai semblé l'adorer. Vois cette vie d'opprobre que j'accepte avec joie pour rester dans ce palais où je peux servir notre sainte cause, et viens me parler encore de tes chétives peines de cœur et de tes misérables colères.

— Fille du ciel! comment le barbare Africain pourrait-il t'imiter?

— Tu as un sauf-conduit qui t'ouvre toutes les portes de la Castille, il faut partir demain et aller dire aux Maures des Alpuxarras, à ces nobles enfants de l'Espagne qui se sont cachés dans les antres de ses monts, plutôt que de l'abandonner, que tout se prépare pour qu'ils puissent la reconquérir. Tandis qu'ils descendront en secret et se réuniront dans les parages de Tolède, le petit nombre des jours comptés à Isabelle sera écoulé. Après elle, le trouble, les discordes régne-

ront seuls un moment, et ce moment est celui de reconquérir pour toujours l'empire de l'Espagne, ou d'y renoncer dans la tombe.

— Partir! Oléma, et te laisser ici près de Philippe qui se trouvera à chaque pas du jour dans le même chemin que toi, qui échangera le même souffle d'air avec toi!

— Écoute, Ben-Zagal; je suis bien faible, mon front n'a jamais reçu que le jour voilé des palais, mes pieds n'ont jamais foulé que le marbre uni ou le tapis moelleux, mes frêles mains n'ont jamais touché que le luth d'ivoire. Eh bien! si tu refuses de remplir la noble mission qui t'est donnée, je m'échapperai en secret de la ville; j'irai, le front nu, sous le soleil de la route, les pieds sur les rochers et les ronces d'un pays sauvage; j'irai prendre de ces frêles mains le cimeterre de nos frères, suspendu au cyprès de la montagne, je le presserai sur mon cœur, je le tendrai à Dieu pour qu'il le bénisse, et j'en armerai leurs bras.

— Puissance suprême! dit Ben-Zagal en s'agenouillant devant elle, dispose de moi, je t'obéirai!... Mais, malgré toi, je ferai tout pour l'amour; car, vois-tu, quand j'appellerai ici les Musulmans, quand je combattrai avec eux, quand je renverserai le trône de nos ennemis, je ferai tout cela pour être aimé de toi!...

Le lendemain, le Maure, monté sur son cheval noir, était sur la route des Alpuxarras.

V.

Un matin on vit apparaître entre les tours qui surmontent les immenses remparts de Tolède une escorte de brillants cavaliers qui portaient en tête le drapeau du roi de France : un instant après, l'ambassadeur de Louis XII entrait au son des clairons sous le majestueux portique de l'Alcazar.

Dans ces temps de jeunesse et de chevalerie, où le plaisir était dans l'air, chaque événement remarquable était d'abord signalé par une fête. Isabelle, à l'arrivée du noble étranger, ordonna de suite pour le soir un bal, un tournoi, et en attendant se rendit dans la salle d'honneur pour l'y recevoir en audience solennelle.

Là se trouvait réuni tout ce que le royaume avait de noblesse et de puissance : les grands d'Espagne, les généraux, les ministres, tout ce qui avait *droits et fiefs* sur les terres de Tolède; des hommes parés des cordons, des croix, des armes d'honneur, rappelant leurs hauts faits; des femmes, dont une légère couronne ducale ou princière indiquait les immenses possessions, dont le pouvoir et la richesse se montraient en étoiles de diamants pour s'allier avec la beauté. A la tête de ce cercle était Isabelle de Castille, encore belle à ses derniers moments, belle sous ses ornements royaux, qui s'alliaient si bien avec la majesté naturelle de sa personne. Le duc de La Roche-Aymon, envoyé de Louis XII, était assis près d'elle.

L'ambassadeur français déposa devant Philippe des présents qu'il apportait au jeune prince de la part du roi son maître. Louis XII avait reçu l'archiduc à sa cour quelques années auparavant, et s'était lié d'amitié avec lui. On ouvrit l'enveloppe fleurdelisée qui contenait ces dons, et elle laissa voir une épée de Milan, damasquinée en or, avec une poignée en forme de croix, couverte de diamants; un luth d'ébène et d'or, d'un admirable travail; un livre d'évangiles magnifiquement colorié, et dont la couverture portait, ainsi que les deux autres objets, le chiffre de Philippe, tracé en pierres précieuses. Louis XII voulait dire par ces emblèmes au jeune prince prêt à monter sur le trône, qu'il devait y maintenir en même temps les armes et la religion.

Ferdinand, loin de paraître jaloux des présents adressés à son gendre, les considéra avec une aimable attention, en loua beaucoup la magnificence, et demanda gracieusement la liberté de prendre pour lui le tissu fleurdelisé qui les enveloppait, afin de le garder en relique précieuse comme la sainte bannière du royaume de France. Le fin observateur avait découvert au fond de cette étoffe, à peine dépliée, une lettre portant le sceau royal, et qu'on n'avait point remarquée. Une seule personne l'avait aperçue avec lui.

Isabelle voulut donner au duc de La Roche-Aymon le spectacle d'une danse maure, et ordonna à Oléma d'exécuter le pas vif et gracieux de la *zambra*.

L'esclave maure s'avança lentement ; ses beaux cheveux, dégagés du turban, tombaient en tresses sur ses épaules ; son corps, moulé dans les formes les plus pures, n'était voilé que par de mouvantes draperies de gaze. Elle s'arrêta un instant au milieu de l'espace destiné à ses pas, la tête baissée et les mains croisées dans une attitude nonchalante et rêveuse. Mais aux premiers sons des instruments qui ouvrirent la *zambra*, son grand œil noir se remplit de lumière, son beau visage se leva vers le ciel, son corps se développa et sembla prendre des ailes. Elle s'élança bondissante et légère aux sons de cet air national, comme si le génie de la patrie, enveloppé dans ses vibrations mélodieuses, l'eût éveillée pour l'amour et la joie. Elle parcourut avec la même grâce inspirée, les diverses phases de cette danse naïve et voluptueuse. Ses mouvements étaient si naturels dans leur séduisant abandon qu'ils semblaient se former d'eux-mêmes ; la musique était le vent qui balançait en tous sens cette tige flexible et charmante ; mais, dans la simplicité des poses, la figure était tout éloquente de passion ; c'était le regard humide, le sourire épanoui, le désir sans voile de la jeune fille éclose dans l'air libre de l'amour. Depuis ses pieds rosés qui effleuraient à peine le sol jusqu'à son front doré par un rayon de soleil tombant de la voûte diaphane, tout son être exhalait l'amour, la volupté, et ces délices des sens qui semblent s'épurer dans un vase de grâce et de beauté.

Philippe, l'œil ardent, la tête tendue, la poitrine soulevée, l'enveloppait d'un regard de flamme : il aspirait de ses lèvres souriantes et amoureusement entr'ouvertes.

Soudain, la jeune fille suspendit le pas de *zambra* et se mit à former des passes moelleuses, pour lesquelles il lui fallait un léger tissu qu'elle tournait en tous sens autour de sa tête et de sa taille... Elle s'empara impérieusement du mouchoir qui avait enveloppé les présents apportés de France, avant que Ferdinand eût achevé le mouvement qu'il fit pour le retenir. Puis elle commença la nouvelle danse mauresque, et avec un fin sourire, vint secouer le tissu aux pieds d'Isabelle. Alors on vit tomber une missive portant le cachet de Louis. A cet incident, l'assemblée entière vint s'agiter et bourdonner autour de la reine. La lettre du roi de France fut ouverte. Il assurait son alliance à l'archiduc Philippe, héritier au trône de Castille.

On voit Ferdinand pâlir sous ses rides et sous le masque d'impassibilité qu'il s'est fait ; les passions politiques s'agitent de toute part. Le front d'Isabelle porte déjà l'empreinte de la mort ; un nouveau maître va surgir à la tête de son puissant empire, et on voit combien l'appui de la France donne de force aux prétentions de l'archiduc Philippe. Toutes les révolutions de fortune qu'amène un nouveau règne, surtout dans cette foule nobiliaire qui touche de si près au trône, apparaissent

déjà devant les yeux et soulèvent de vifs battements de cœur...

Mais tandis que ces grands intérêts absorbent les esprits, le double rang de portiques de l'Alcazar, soutenu de ses quatre cents colonnes, s'est tout à coup rempli de lumières ; les fanfares s'élèvent dans la lice où la *passe d'armes* se prépare ; les galeries du bal se sont en même temps illuminées et ouvrent leur vaste enceinte. Tout ce qu'il y a de jeune dans l'assemblée, les femmes, les chevaliers du tournoi, secouent leur tête rose et bouclée pour en faire tomber les graves pensées, et s'élancent où une nuit de plaisir les appelle.

Cependant, au-dessus de cette lice, de ces galeries, de ces portiques, pleins de bruit, resplendissants de clarté, au-dessus de ce tournoi, de ce bal, de ces joûtes d'armes, de beauté et d'amour, un étage supérieur est entièrement sombre et silencieux. C'est la partie du palais occupée par la princesse Jeanne. Une seule lumière, celle d'une pâle lampe paraît à l'extrémité ; et auprès de ces jeux, de ces danses, de ces fêtes, se passe une scène de douleur solitaire, où viennent fatalement s'amasser les plus étranges tourments.

VI.

L'oratoire de Jeanne est situé dans la partie la plus retirée de ses appartements. La tenture sombre, la voûte profonde éteignent le peu de lumière qui s'y répand dans la journée par une étroite ogive. Il y a là, sur un prie-Dieu de bois noir, un Christ couronné d'épines, une tête de mort, un sablier arrêté. Au-dessus de ces objets est un portrait de Philippe, entouré de lis blancs, que Jeanne se plaît à renouveler tous les jours de sa main.

Il est nuit, tout est sombre dans cet endroit comme au milieu des nuages épais qui voilent le ciel ; on ne voit ressortir aux rayons de l'urne antique posée sur le prie-Dieu que la radieuse image de Philippe le Bel, et la figure de Jeanne agenouillée devant ce Dieu qu'a créé son idolâtrie, et levant sur lui ses grands yeux noirs pleins de pleurs et de flammes, tandis que les grains d'un rosaire coulent lentement entre ses doigts. Cependant elle cesse peu à peu sa prière, et des pensées plus sereines semblent venir éclairer son visage.

Elle va sans doute arriver au souverain pouvoir, sa mère lui en a donné l'espérance ; c'est par elle que Philippe possédera cette royauté qu'il désire avec tant d'ardeur. Il aimera cette couronne qu'il tiendra d'elle ! Ce lien d'amour, quelque subtil qu'il soit, charme l'infortunée qui a toujours obtenu si peu, et la fait sourire de bonheur pour la première fois.

Cependant il y a dans son sein un secret terrible qu'elle a caché même à sa mère, un secret qui la torture depuis deux ans comme un supplice intérieur ; une fatalité étrange, dont la pensée répand sur ses traits une pâleur mortelle, met une fièvre continuelle dans son corps défaillant et veille à son chevet pour lui faire des nuits horribles. Mais en ce moment même elle attend un saint confesseur, un homme de Dieu, devant qui elle va épancher toute son âme. Sa mère a voulu qu'elle implorât les lumières du cardinal Ximenès au tribunal de la pénitence, et ce pieux ministre, qui va recevoir tous ses aveux, lui donnera peut-être des consolations...

Mais soudain le front de Jeanne devient plus sombre que jamais, ses membres se raidissent, son œil est hagard et ses lèvres frémissantes. Une réflexion terrible est venue la frapper. Quand le cardinal-ministre entendra cette révélation effrayante qu'elle va lui faire, il reculera d'horreur, il jugera celle qu'il a devant lui indigne du trône, il empêchera Isabelle de lui léguer le pouvoir souverain ; et Philippe sera déshérité ! perdu !.. perdu par elle, malheureuse !

Il faut donc se taire, renfermer encore ses tourments dans son sein, renoncer aux secours spirituels qui allaient rafraîchir son âme brûlée d'un feu d'enfer... Se taire ne serait rien encore ! mais quand le ministre de Dieu lui demandera la cause de ces troubles cruels, de ces angoisses cachées qui la jettent dans une si étrange mélancolie, qui font, par moment, ruisseler son front de sueur froide, il faudra leur donner une autre cause, il faudra mentir..... mentir au tribunal de la pénitence !..

— Perdre Philippe ou mon âme ! s'écria-t-elle. Oh ! malheur, malheur, à celle qui doit faire un tel choix !

Comme elle exhalait ce cri de désespoir en son cœur, le cardinal Ximenès, qui venait d'entrer sans bruit, se trouva debout devant elle.

Il vit l'égarement de ses yeux, la défaillance de tout son corps brisé par la douleur. Il lui parla avec la plus douce onction ; il lui donna le nom de *fille*, si doux dans la confession, où c'est Dieu qui parle par la bouche du prêtre. Le cœur de Jeanne se fondit de reconnaissance et de piété ; elle commença l'aveu de ses fautes ; elle s'accusa de tout ce qui éloignait d'elle le cœur de son époux, de son humeur sombre, de sa jalousie, de sa négligence à se parer de ces grâces d'esprit, de cette douceur de caractère qui font la beauté de celle qui n'en a pas... La pauvre pénitente trouvait du charme à prendre sur elle les fautes de Philippe, sa légèreté, sa froideur... elle se fût presque accusée d'être laide.

Le père spirituel la plaignit de s'offrir ainsi en sacrifice à l'amour. Il lui montra le peu que valait un sentiment humain, lui dit que ces dieux de la terre adorés par nous n'ont d'auréole que les rayons de notre amour répandus sur eux. Il lui parla des nouveaux devoirs qu'elle allait avoir à remplir, des devoirs de la royauté, où il ne faudrait plus ni souffrir, ni aimer, ni espérer pour elle-même, mais pour le peuple que Dieu aurait remis à sa garde.

Ces paroles rappelèrent Jeanne à ses angoisses, aux dangers de ce moment, à l'horreur de sa situation.

— Reine ! s'écria-t-elle dans son âme. Oh ! oui, je veux être reine pour donner la couronne à Philippe !

Le prêtre lui adressa de pressantes questions sur l'état de son âme.

— Songez, lui dit-il avec force, que la confession est l'aveu de toutes les souffrances comme de toutes les fautes, et que c'est un crime d'y voiler un coin de son âme. Dites-le, ma fille, n'y a-t-il aucune autre cause à votre éloignement du monde, à la sombre pâleur de vos traits, à vos profondes mélancolies?

Jeanne sentit ses forces se briser, son front tomba sur ses mains jointes; mais elle articula d'une voix sourde et brève :

— Aucune!

— Songez que c'est au nom de Dieu même que je vous adjure de me répondre.

Elle frissonna comme si le souffle de la mort, de la mort éternelle fût venu effleurer sa tête. Et cependant ses lèvres murmurèrent encore :

— J'ai tout dit.

Puis, accablée, haletante, le front courbé sous le poids d'un mensonge sacrilége, elle reçoit l'absolution du prêtre. Ensuite elle se lève subitement et dit :

— Mon père, quand donnera-t-on le trône à Philippe?

— Plus tôt que vous ne pensez, ma fille, répond le cardinal, et il s'éloigna à ces mots.

Alors joignant ses mains frémissantes, elle s'écrie :

— J'ai perdu mon âme pour toi, Philippe ; mais pour te servir, je ne devais pas même m'arrêter devant les portes de l'enfer : je t'aime!

Peu à peu ses esprits se calmèrent dans la pensée d'avoir fait au delà de tout ce que le dévouement de l'amour pût jamais inspirer. Après ce qu'elle venait d'accomplir pour lui, elle sentit le besoin de se rapprocher de Philippe, d'arriver en quelque endroit obscur d'où elle pût l'apercevoir brillant et heureux au milieu de ces fêtes qu'il embellissait. Elle prit la lampe à sa main et se dirigea instinctivement vers une longue galerie du palais qu'elle parcourait souvent dans la nuit, et à l'extrémité de laquelle se trouvait une belle statue de l'archiduc.

Il était onze heures du soir ; les soldats, qui pendant le jour promenaient leurs pertuisanes dans ces longs passages, s'étaient retirés ; l'enceinte n'était plus gardée maintenant que par les effigies des vieux guerriers portant l'arme au poing, le casque en tête, le bouclier sur la poitrine, le courage encore vivant dans les yeux, et qui montraient tour à tour leur prestance altière aux rayons fugitifs de la lampe. Ni ces images austères, ni la solitude imposante de cette enceinte ne frappaient l'esprit de Jeanne, tout occupée d'une tendre pensée. Il semblait que la douce figure de Philippe, qui était dans le fond, jetât devant elle un rayon d'amour qui adoucissait tout le reste. Jeanne arriva enfin devant la place où était la statue de l'archiduc.

C'était une profonde embrasure de croisée qui l'encadrait de son cintre sculpté.

La lumière de la lampe, pénétrant tout à coup dans cet enfoncement, montra aux yeux de Jeanne un aspect qui la foudroya. La jeune esclave Oléma tenait embrassée la statue de Philippe et s'attachait à elle, tandis que le prince lui-même faisait de doux et ardents efforts pour l'attirer à lui. La jeune fille, en se réfugiant ainsi vers l'image de celui qu'elle repoussait, en se pressant à ce marbre, à sa ressemblance pour se soustraire à ses embrassements, avait encore dans sa résistance un air de tristesse et de mol abandon. Philippe, l'œil suppliant et passionné, appelait sa maîtresse dans ses bras de tous les frémissements de son être... Jeanne le voyait pour la première fois dans cette splendeur entière de la beauté qui n'apparaît qu'au moment de l'amour.

L'étonnement, la colère, la haine, agitaient avec tant de force l'âme de Jeanne, que sa poitrine oppressée ne pouvait exhaler aucun souffle. La pâleur de son front passa sur le visage des deux coupables, et ils demeurèrent tous trois immobiles, silencieux, écrasés sous la pesanteur de leur surprise.

Enfin Jeanne se redressa fière et indignée, son regard tomba de toute sa hauteur sur Oléma, et elle proféra d'une voix retentissante :

— Une esclave! une Maure! le rebut de l'Espagne! Voilà la rivale que vous me donnez, don Philippe!..... Je la cherchais à la cour, je me trompais ; vous avez le cœur si bas placé que vous deviez le traîner dans la fange du palais.

— Oh! madame, regardez-la, s'écria Philippe, et vous n'oserez plus l'insulter.

— Une misérable beauté efface pour vous tout le reste, et vous abaissez l'amour d'un prince à la dernière des créatures. Mais il ne me plaît pas, à moi, de souffrir cette infamie, et je saurai la laver dans le sang.

Puis son œil s'anima d'une joie orgueilleuse.

— Béni soit le ciel de la puissance qu'il m'a donnée! Je suis Jeanne de Castille, je puis disposer de la vie de cette femme!

Une autorité si terrible se montrait sur le front de

Jeanne, qu'Oléma vint tomber frémissante à ses genoux.

Alors l'épouse outragée, étendant la main sur elle, prononça lentement de la voix qui maudit :

— Cette femme est belle, je la ferai mutiler. Elle est esclave, je la ferai vendre au marché. Elle est infidèle, je la ferai brûler sur un bûcher.

Philippe s'élança vers la jeune fille comme pour l'arracher au destin qui semblait tomber sur sa tête dans les paroles dévorantes de la malédiction. Jeanne se jeta entre les deux amants pour les séparer de son corps.

A ce mouvement, la lampe qu'elle tenait tomba ; une nuit profonde les enveloppa tous trois comme pour les enfermer dans le tombeau avec leur haine toute brûlante et qu'elle y durât autant que l'éternité.

Tout avait disparu ; Jeanne porta la main à son front, une douleur violente s'y faisait sentir comme après les emportements de la passion. Elle n'apercevait plus Philippe, ni la belle esclave ; leur amour apparut devant elle pour le malheur de sa vie. Elle n'entendait plus aucun mouvement. Elle se mit à marcher dans l'ombre sans but et sans pensée, emportée par l'agitation de son cœur. Elle allait dans ces longs défilés, montait et descendait les degrés, suivant droit son chemin sans le secours de la lumière, comme il arrive quand le corps est endormi et que la vue intérieure le guide. Elle arriva ainsi à un endroit où un point de muraille était éclairé ; ce point était un grand Christ de pierre qui se relevait en lumière sur un fond noir. Jeanne était descendue sans le savoir dans l'église attenant au palais. Elle s'arrêta frémissante à la vue de ce Christ... Ce Dieu, elle venait de l'outrager par une confession impie ; elle avait tout sacrifié à Philippe dans ce moment terrible, même la vie éternelle !.. Il y avait une heure de cela... une heure !.. Oui, c'était précisément l'instant où il appelait sa maîtresse à un rendez-vous nocturne et la pressait dans ses bras... Et maintenant il lui semblait que ce Dieu, qui se faisait ainsi lumineux dans les ténèbres, lui apparaissait pour lui reprocher son sacrilège et la consumer dans les rayons de sa colère... Son être entier frissonna de peur ; elle sentait dans son sein de vagues désirs de vengeance. Elle descendit à la hâte les degrés qui étaient devant elle, et se trouva à la porte d'une enceinte éclairée.

C'était la lumière de cet endroit qui, pénétrant par l'escalier, arrivait jusqu'au crucifix.

Jeanne demeura quelques instants immobile sur le seuil où elle se trouvait.

VII.

Sous le pavé de l'église régnait une nef souterraine servant à la sépulture des anciens rois de Castille. Les murs en étaient nus, de lourds piliers supportaient la voûte ; il y avait au fond un simple autel de pierre, et dans la longueur, deux rangs de tombeaux où dormaient tous ceux qui avaient traversé le palais de Tolède, la couronne sur le front. Une lampe d'argent ordinairement éclairait seule cette enceinte ; mais en ce moment, un flambeau se voyait sur chaque tombe, et la solitude habituelle de ce lieu était remplacée par la présence d'une illustre assemblée.

La reine de Castille avait convoqué secrètement son conseil dans cette enceinte mortuaire.

Là se trouvaient le cardinal Ximenès et les autres directeurs spirituels d'Isabelle, ces prêtres devant qui s'inclinait la grande souveraine, ces astres de religion vers lesquels se tournait sa conscience au moment des tempêtes, puis Antoine Fonseca et Jean Velasquez, intendants des finances, puissants hommes d'État qui allaient être nommés exécuteurs testamentaires, et auprès d'eux le comte de Cabra, Ponce de Léon, Henri de Guzman, Mendoze, Aquilar, tous vieux chefs militaires et sages conseillers, portant sur leur visage les cicatrices des combats et les cicatrices plus profondes des soucis d'État, et ayant fourni tout entière cette longue carrière de conquêtes et de fondations qui fut le règne de Ferdinand et d'Isabelle.

— Mes féaux sujets et dignes soutiens, leur avait dit la reine de Castille en venant présider leur assemblée, vous avez toujours vécu en bons chevaliers et en bons chrétiens, servant Dieu dans le peuple orphelin. J'ai voulu soumettre à votre sagesse l'acte testamentaire par lequel je vais disposer de la couronne de Castille, sachant que ce que vous jugeriez bien, serait bien pour ma dynastie et pour mon royaume. J'ai voulu vous réunir pour cette grande décision dans la sépulture des rois ; car, qu'il soit béni ou maudit, exemple de vices ou de vertus, le souvenir d'un roi prédécesseur est toujours une leçon. J'ai voulu enfin, au moment où je fixais le sort du royaume que mes aïeux m'ont laissé, prendre à témoin de ce que j'allais faire, leur tombe... et la mienne.

Isabelle et ses conseillers avaient passé une partie de la nuit, assis autour d'une vaste table couverte de parchemins de tout âge ; ils avaient longtemps médité les dernières dispositions de la reine ; ils en avaient approuvé toutes les parties, et il ne restait plus que la signature de la souveraine à apposer à cet acte solennel.

Le cardinal Ximenès en faisait, pour la dernière fois, lecture à haute voix ; il en était à cet article :

« ..... Nommons, pour nous succéder au trône de Castille, d'Aragon et de toutes les Espagnes, notre fille Jeanne et, conjointement, Philippe, archiduc d'Autriche. »

Une pâle figure parut subitement à l'entrée de l'enceinte, et, reculant le voile noir qui cachait à demi son visage, articula d'une voix profonde :

— Jeanne ne peut être reine.

Toute l'assemblée se leva frappée d'étonnement.

— Non, ajouta la funeste apparition, Jeanne ne peut régner sur l'Espagne, gouverner son peuple : Jeanne est folle... Folle ! folle, vous dis-je ! voilà ce secret que j'ai caché à tous les yeux, que j'ai tu quand ma mère me pressait sur son sein, qui n'est pas même sorti de ma bouche au tribunal de la confession... et que je veux révéler à présent !

Tout demeura immobile et glacé de terreur, aux paroles horribles que Jeanne venait de prononcer.

— Ma fille ! ma fille ! est-il vrai ? s'écria Isabelle.

— Il est trop vrai. Par certains moments, la nuit se fait dans mon esprit, et au milieu de cette nuit passent des fantômes étranges, des visions terribles... puis tout s'efface, et la raison revient ; mais, hélas ! si troublée, qu'on se sent aux vacillations de cette flamme qu'elle va s'envoler pour jamais.

— Tu te trompes, mon enfant ! dit Isabelle avec larmes ; il est impossible qu'un tel malheur vienne fondre sur nous ; tu te trompes, il est des remèdes à ton mal.

Jeanne secoua tristement la tête.

— La folie va s'emparer de moi tout à fait. Elle vient par instant me saisir, me dévorer, puis recule et me laisse à moi-même, pour que je puisse mieux contempler toute l'horreur de mon sort ; mais elle me fait sentir qu'elle est toujours là, près de moi, et reviendra pour ne plus me quitter. Accomplissez ce cruel sacrifice, ma mère ; déshéritez une fille qui n'est pas faite pour vous succéder. Voyez les ombres royales qui planent sur ces tombeaux ; toutes ont porté noblement la couronne. Au nom de vos aïeux, songez à vos descendants... Et vous, sages ministres, nobles guerriers, qui avez tout fait pour l'Espagne, qui l'avez soutenue de votre pensée, qui l'avez nourrie de votre sang, voulez-vous remettre sa destinée aux mains de celle qui ne sait pas se conduire elle-même? voulez-vous nommer reine d'une grande nation une pauvre créature déchue du rang de femme, mutilée dans ce qu'il y a de divin en nous, dans la raison.

Ces illustres vieillards, debout, la tête penchée sur la poitrine, atterrés sous la honte d'un trône avec lequel ils s'étaient toujours identifiés, gardaient un morne silence.

Isabelle, qui pouvait à peine se soutenir, et dont la poitrine éclatait en sanglots, cachait son visage dans ses mains.

Jeanne était demeurée à l'entrée de l'enceinte, la main appuyée sur l'angle d'un mausolée. Elle semblait grandie par l'exaltation de ce moment qui relevait sa tête ; la pâleur de son visage était augmentée par le reflet blanc des pierres sépulcrales ; elle était semblable à une ombre sortie de ces tombeaux, elle, sortie du tombeau de la démence qui l'avait ensevelie, et ses arrêts semblaient irrésistibles.

Le cardinal Ximenès, par un mouvement lent et solennel, déchira l'acte qu'il tenait à la main, et ses débris allèrent se disperser sur la dalle. Puis, tous les membres du conseil se retirèrent : d'un pas grave et consterné, Isabelle les suivit, entraînée par leur ascendant suprême.

Jeanne se trouva seule dans cette enceinte mortuaire. Elle tint son regard quelque temps fixé sur la terre, absorbée par la vengeance qu'elle venait d'accomplir. Elle s'étonnait de son cruel courage ; elle cherchait à envisager tout le désastre qu'une parole d'elle venait d'apporter dans sa destinée et dans celle de Philippe ..

Quand elle releva les yeux, un homme était devant elle.

C'était Philippe, arrivé au seuil d'une porte dérobée de l'église au moment où Jeanne prononçait ses derniers mots, et où le ministre déchirait l'acte testamentaire.

Ils étaient seuls, en face l'un de l'autre ; Jeanne, à qui l'infidélité de Philippe venait de faire perdre tous les restes de son bonheur ; Philippe, à qui un mot de Jeanne venait de faire perdre la couronne.

Le prince, accoudé sur le marbre d'une tombe, dans l'attitude d'indolence hautaine qui lui était habituelle, dit avec un amer sourire :

— Voilà une soirée qui n'est pas heureuse pour nous, madame.

— La date en sera écrite en traits sanglants dans notre vie, dit Jeanne accablée de ses douleurs et surtout de sa vengeance. J'ai vu la trahison dont vous usiez envers moi pour la plus misérable rivale ; vous avez entendu l'aveu de ma bouche qui vous ôtait l'héritage royal... Le plus à plaindre des deux n'est pas vous.

A ces derniers mots, la voix de Jeanne se mouilla de larmes.

— Vous ne me trouvez pas à plaindre d'être venu dans cette Espagne que j'abhorre, pour y subir les plus sanglants affronts, pour m'y voir le sujet de Ferdinand et l'époux...

— L'époux d'une folle, n'est-ce pas? Je conçois votre horreur, je l'éprouve pour moi-même... Que voulez-vous, Philippe, on ne peut souffrir autant que je l'ai fait sans perdre la vie ou la raison .. Heureux ceux qui perdent la vie ! Le fer même se rompt sous les coups redoublés du marteau, comment l'esprit d'une pauvre femme ne se briserait-il pas sous les coups du désespoir, toujours plus pressés et plus lourds !

— Encore des plaintes, des reproches?..

— Il y a six ans que je vous aime et que vous me méprisez, Philippe. Comptez combien de jours dans ces six années et combien de moments dans ces jours. Vous verrez ce que j'ai eu de larmes à dévorer, de cris de tendresse ou de reproche à refouler dans mon sein, d'outrages à cacher aux yeux des autres, de honte à dérober sous le voile d'une tristesse sans cause. Vous saurez combien de fois mes yeux cherchant les vôtres les ont vus se détourner avec ennui ; mon âme suspendue à vos lèvres n'en a entendu sortir qu'une parole de froideur ; combien de fois, tandis que je restais près de vous immobile et voilée, mais que j'étais en secret prosternée à vos pieds, vous demandant avec larmes un souffle de vos lèvres, un mouvement de votre main qui vînt effleurer mon front, je vous ai vu, insouciant de ma présence, jouer avec le nœud de votre épée ou caresser un chien endormi près de vous ; combien de fois, après de longues heures d'absence, dans le besoin de vous revoir, j'ai traîné ma misère à la porte de ces pavillons illuminés, me cachant dans les taillis d'alentour pour vous apercevoir au milieu de la lumière, nourrissant ma douleur de ces plaisirs que vous goûtiez sans moi, répétant votre nom chéri dans chacun de vos soupirs, appelant tous les vents de la nuit pour rafraîchir mon front, et tombant brisée sur la terre dont les ronces déchiraient mon sein... ô Philippe! n'est-il pas naturel qu'à une semblable vie la raison s'évanouisse! . L'amour pour un être qui le repousse, qui le méprise, devient insensé, et l'amour était toute la lumière de mon âme.

Philippe, accoutumé à ces plaintes de la passion, les écoutait avec sa superbe indifférence.

— Et moi, dit-il, depuis six ans que je suis exilé dans ce triste pays, loin de l'empereur mon père, loin de mon peuple aimé, de mes jeunes frères d'armes, des cercles élégants et policés de ma cour natale, au milieu de votre population de moines infects, de soldats bardés de fer, dominé par vos hildalgos au fanatisme ignorant, aux mœurs barbares, étouffant sous vos toits de plomb brûlés par le soleil, j'y ai trouvé pour tout bien un amour insensé, tyrannique, brûlant sans cesse et sans relâche, comme ce soleil espagnol qui dessèche et flétrit ce qu'il touche.

— O Philippe! cet amour m'a perdue la première, tant de malheur ne devrait-il pas le rendre sacré pour vous en ce moment!

Le prince n'avait pas attaché aux paroles de Jeanne toute leur effrayante portée ; il croyait encore que ces troubles d'esprit dont elle parlait n'étaient que le délire d'un amour malheureux.

— Vous doutez encore, je le vois, dit la malheureuse femme, j'ai douté longtemps moi-même ; je n'osais appeler par leur nom ces abîmes immenses où tombait ma pensée. Mais un soir, il y a deux ans, c'était la veille de Noël (j'ai dû m'en souvenir), vous veniez de partir pour la Flandre, refusant de m'emmener avec vous, refusant de m'adresser un mot, un regard d'adieu ; j'avais passé la fin de la journée sur la plate-forme de cette antique galerie, élevée par les Maures, pour apercevoir encore une fois votre panache blanc, au delà du Tage, dans la plaine de Tolède ; je rentrai dans mon oratoire désolée par la pensée d'une absence dont je ne connaissais pas la fin ; une fièvre ardente m'agitait, mes yeux étaient brûlés par des larmes qui ne pouvaient couler. Je voulus prier... tout à coup un point brûlant se forma dans mon cerveau et s'étendit rapidement dans ma tête, qui devint en feu... puis ces flammes tournoyantes semblèrent se répandre au dehors pour éclairer un monde nouveau, un monde plein de figures étranges, de fantômes dansant dans le vide et qui me tiraient de leurs froides mains pour me mêler à leurs jeux... Je me souviens à peine maintenant de ces visions passagères, et cependant leur pensée est plus effrayante pour moi que celle de l'enfer.

Je ne sais combien de temps durèrent ces hallucinations; mais quand elles disparurent je me trouvai affaissée sur des carreaux, dans un coin de l'oratoire; mon visage était mouillé de larmes, et un rire convulsif tordait mes lèvres; la sueur coulait de mes cheveux, et mon corps était brisé comme après de violentes secousses. Tout était bouleversé autour de moi; votre portrait, Philippe, cette image adorée était ôtée de sa place, les lis qui l'entourent arrachés, semés à terre, et quelques-uns de leurs vestiges bizarrement posés en couronne sur la tête de mort; le Christ avait été renversé et foulé aux pieds; mes vêtements mêmes déchirés, semaient de leurs lambeaux cette scène de désolation... La porte de l'oratoire était fermée en dedans; j'étais bien sûre d'être demeurée seule. C'était donc moi qui avais produit ce désordre insensé! Et ce temps d'égarement avait été long, car la poudre ne coulait plus dans le sablier... Hélas! depuis ce jour je l'ai laissé arrêté, jugeant que le temps ne devait plus désormais être compté pour moi, que ma vie s'était terminée à cette heure fatale.

A ces affreux souvenirs qu'elle évoquait, les traits de Jeanne s'étaient contractés; sur ses yeux entourés d'un large cercle brun errait une étincelle blanche et vacillante; il y avait sur son front un sceau terrible qui venait constater la vérité de ses paroles.

Philippe en la voyant ainsi tressaillit, fit un pas en arrière, et détourna d'elle ses regards qui allèrent s'attacher sur la statue du mausolée. Il voyait enfin clairement l'horrible fléau qui était venu fondre sur la fille des rois, sur Jeanne de Castille, sur sa femme. L'étonnement, la pitié, l'effroi se succédaient dans son âme. Les flambeaux allumés le soir dans cette enceinte s'étaient consumés peu à peu; quelques cierges qui brûlaient encore éclairaient la figure de Jeanne et les statues des tombeaux, semées de loin en loin. Il sentit un frisson glacé en se trouvant seul dans cette enceinte avec la mort et la folie.

— Oh! malheureuse femme, dit-il, en laissant enfin dominer une émotion de pitié, comment avez-vous pu, pendant deux années entières, enfermer ce secret dans votre sein?

— Toi! toujours toi, Philippe! c'est le but de mes actions comme de toutes mes pensées. Je jugeais que la réprobation qui pesait sur ma tête retomberait sur la tienne, et j'ai voulu la dérober à tous les regards. Je me suis refusée aux consolations que m'eussent données les larmes de ma mère; je n'ai pas même cherché les secours spirituels de la religion; loin de là, quand le ministre de Dieu m'a interrogée au moment de la confession, j'ai donné une autre cause à mes tristesses, j'ai menti, j'ai été sacrilège pour toi, Philippe! pour conserver ce trône où tu devais monter avec moi et qui était le but de mes vœux.

— Et ce soir, vous venez de détruire tant de sacrifices d'un seul mot.

Jeanne changea subitement de visage.

— Oui, dit-elle, et j'ai bien fait. Je venais de te voir près de cette femme, de cette chanteuse de palais, suppliant, passionné devant elle pour mon humiliation profonde, pour le déchirement éternel de mon cœur; j'ai senti de la haine pour toi... Il y a un instant un sentiment commun entre nous, vois-tu, et je trouvais à cela quelque douceur. Un vertige de vengeance m'a saisie,

j'ai prononcé un mot qui devait m'ôter le pouvoir souverain pour te l'arracher à toi-même. Écoute, mon bonheur était entre les mains, tu l'avais détruit; ta royauté était dans les miennes, je devais la briser: c'était justice.

Ils se regardèrent quelques instants en silence, et, au milieu de tant de luttes et de colère, ce charme naturel du regard, ce rayon de l'âme qui tend presque toujours vers la douceur et l'amour. mit dans leur indignation mutuelle quelque chose de calme et de mélancolique.

— Oh! Jeanne, dit le prince, vous vous êtes préparé bien des regrets!

— Oui, à mesure que je te vois, que je m'enivre de ta présence, de la voix qui s'était tue si longtemps pour moi, je ne sais par quel pouvoir irrésistible ma haine, ma colère s'effacent!... Je me sens redevenir moi-même, toute prête encore à tout sacrifier pour toi, si tu veux me promettre seulement de me regarder et de sourire.

Elle rêva un instant.

— Oui, j'y pense, ajouta-t-elle, le mal que j'ai fait peut se réparer. J'irai implorer la reine... Elle est ma mère, elle me doit quelque chose après tout pour compenser la triste vie qu'elle m'a donnée; je lui demanderai pour toute grâce de te rendre l'héritage de Castille. Si je suis un obstacle invincible à ton élection; eh bien! je me retirerai dans un couvent... le plus austère qu'on voudra me choisir, n'importe, pourvu qu'il soit près d'ici, que du fond du cloître je puisse te savoir à quelques pas de moi, t'apercevoir encore et t'adresser tout l'encens des autels.

— Infortunée!

— S'il le faut, mon Dieu, je ferai couper mes cheveux, et, comme eux, je verrai tomber sans regret ma liberté, ma couronne, ma vie, si à ce prix tu peux cesser de me haïr.

— Jeanne, je vous plains.

— Oui, plains-moi, ce sera assez si tu n'en aimes pas une autre.

Philippe tressaillit et se tut.

— Vous ne répondez rien, reprit Jeanne; vous ne pensez pas cependant que si je vous ai pardonné je puisse pardonner à l'esclave.

— Cette esclave appartient à Isabelle; elle ne l'abandonnera pas à votre fureur.

— Je saurai bien m'en emparer.

— Et quel sort lui réservez-vous?

Elle dit avec un calme étrange qui venait de la fermeté de sa résolution :

— Je veux la faire mourir.

— Ah! c'est cela, s'écria Philippe. Alors sachez que je l'aime assez, si vous attentez à ses jours, pour la venger sur vous-même.

— Que peux-tu faire, me tuer? Qui te dit que ce ne soit pas là ma dernière espérance, répondit la malheureuse femme en jetant sur Philippe un regard embrasé de plus d'amour qu'un cœur humain ne semble pouvoir en contenir. Va, pour celle qui ne peut être aimée de toi, il n'y a plus rien à désirer que de mourir de ta main, de sentir cette main sur mon sein encore une fois, de rencontrer ton visage dans mon dernier regard!... Oh! dans la bouche d'une autre, ce que je dis serait peut-être de vaines paroles; mais pour la pauvre folle... folle d'amour, ce n'est rien que la vérité.

Philippe encore une fois détourna d'elle son visage.

— Que Dieu ait pitié de vous! dit-il d'une voix sourde.

Jeanne se jeta sur les degrés d'une tombe; elle y appuya sa tête. Elle avait besoin du froid de la pierre, du froid de la mort pour rafraîchir son front. Quand elle releva les yeux, Philippe s'éloignait; elle le vit de loin entre les pâles figures des tombeaux; elle lui tendit les

Jeanne et Ben-Zagal dans une des gorges de la Sierra.

bras, elle voulut le suivre : sa robe se trouva retenue à une palme qui était sculptée au coin du mausolée.

Elle crut que la main invisible d'un de ces illustres morts la retenait, comme pour lui dire que tout était fini pour elle, qu'elle devait rester dans cette enceinte mortuaire. Elle retomba anéantie sur les degrés.

Quelque temps après, quand Isabelle, n'ayant pas trouvé sa fille dans ses appartements, vint avec ses femmes la chercher dans l'église souterraine, elle trouva la nef déserte, silencieuse, et Jeanne étendue sans connaissance sur la pierre.

VIII.

Peu de jours s'étaient écoulés. Un jeune cavalier qui dérobait soigneusement sous un ample manteau son costume de cour, trahi cependant par l'agrafe de diamant de son chapeau et les éperons d'or de ses bottines, venait de pénétrer dans la cour intérieure du bâtiment occupé par les femmes de la reine, et dont les portes dégarnies de gardiens ce soir-là, étaient restées ouvertes malgré l'heure avancée. Un profond silence régnait dans ce lieu de retraite; la lune, voilée par un léger brouillard, éclairait faiblement deux fontaines d'eau jaillissante, un obélisque qui s'élevait au milieu et des gradins de fleurs qui régnaient tout autour.

Une fenêtre, située au premier étage, était encore éclairée; et quand le vent soulevait doucement un rideau de mousseline, il laissait voir à l'intérieur d'une petite pièce un lit blanc de jeune fille, un luth d'ivoire, un long voile de gaze et une ceinture diaprée de pierreries.

Le cavalier parcourait cette cour de long en large, d'un pas impatient, en regardant souvent à la fenêtre entr'ouverte. Deux escaliers, situés aux deux extrémités du bâtiment, conduisaient aux appartements dans lesquels il aurait voulu pénétrer. Mais à l'un des péristyles était une voiture entourée de quelques hommes; et à l'autre, un personnage qui restait dans une immobilité désespérante. Il avait une longue enveloppe grise à capuchon, qui ne laissait passer que sa barbe blanche et, appuyé contre un pilier, il semblait de pierre comme lui.

Comme le seigneur devait arriver à cet escalier et y monter sans être remarqué de qui que ce fût, il s'irritait au dernier point de la présence de cet homme qui le persécutait ainsi, en ne se donnant d'autre peine que de rester tranquille. Il ne pouvait passer devant lui, car si cet individu était un domestique du palais, il devait s'opposer à ce qu'on s'introduisît, à cette heure, dans le logement des femmes, ni le chasser ouvertement, car alors il pouvait faire quelque bruit et attirer les gardes des postes voisins.

L'ombre des colonnes décroissait, la lune montait à l'horizon, le temps passait...

Le jeune cavalier ne tenant plus à son impatience, dit à l'homme-statue :

— Vous devriez vous retirer, ami ; la fraîcheur du soir ne convient pas à votre tête blanche.

— Cette tête blanche a essuyé tous les brouillards du Nord et peut bien braver cette légère vapeur.

Derniers moments de l'archiduc Philippe.

— Si ce n'est pas le brouillard, mon cher, ce sont mes gens qui vont vous faire évacuer la place.

— J'ai mis à la raison plus de gens d'armes que Votre Seigneurie n'en a sous ses ordres.

— Le plus sage est de vous éloigner sans bruit, car vous savez que les prélats du palais ne veulent pas que les hommes s'arrêtent le soir en cette enceinte.

— Je puis infliger plus de pénitences et d'interdictions que vos prêtres de cour ne sauraient en répandre sur moi.

Le vieillard laissa tomber lentement ses bras, qu'il tenait croisés sur sa poitrine, et le cavalier vit qu'il avait dans une main un poignard et dans l'autre un crucifix. Plus irrité encore par ces contestations, il dit avec pétulance :

— Dussé-je appeler les alcades, je vous ferai bien sortir d'ici.

— On ne m'arrêtera pas, dit-il négligemment, dans cette ville, où je peux faire arrêter qui bon me semble.

Malgré la hauteur de ces paroles et la puissance de la voix qui les accompagnait, le seigneur eut soudain l'idée de gagner avec de l'or l'obstiné vieillard qu'il ne pouvait effrayer. Encouragé par l'humble costume de son adversaire, il tira de son gousset une bourse qu'il allait lui tendre, lorsque celui-ci, prévenant son dessein, lui dit :

— Gardez votre bourse, mon beau seigneur..... à moins qu'elle ne soit vide, et que vous ne me la tendiez pour la remplir de ducats.

Il n'y avait plus rien à tenter contre ce roc qui barrait ainsi le passage. Le cavalier, qui ne pouvait plus tarder à accomplir l'ordre dont il était chargé, dit à l'inconnu :

— Eh bien, laissez-moi seulement pénétrer dans cet escalier sans avertir les gardiens de ma présence.

— Passer cette porte est impossible.

— Au nom de l'archiduc Philippe, par l'ordre de notre seigneur et maître, je viens chercher ici l'esclave maure Oléma pour l'amener devant lui.

— Alors, passer cette porte est inutile; la jeune esclave maure a été frappée ce soir d'un coup mortel.

Le courtisan frémit; il leva instinctivement les yeux vers la croisée éclairée; le mouvement de plusieurs ombres qui passaient devant le rideau, et un profond gémissement qui vint planer dans le silence de l'air, appuyèrent par les plus funestes indices les paroles du vieillard.

— Que dites-vous? s'écria le cavalier.

— Je dis que la rose de Grenade ne brillera plus au soleil; que l'oiseau ne chantera plus sous les voûtes du palais; que le luth d'ivoire est brisé.

— Malheureux! parlez plus clairement.

— Je dis qu'Oléma se meurt.... qu'elle est morte.... et voici le char funèbre qui l'emmène.

Et le vieillard montra du doigt la voiture noire placée au pied de l'autre escalier, et qui se mettait alors en mouvement.

— Oh! s'écria le jeune homme, Oléma est victime de quelque affreux complot, et, morte ou vive, je l'en arracherai.

Il voulut s'élancer sur ses traces. Un coup de poignard, donné d'une main ferme, l'étendit sur la terre.

Puis le vieillard alla se confondre avec les hommes vêtus comme lui qui entouraient la voiture de deuil, et tout disparut dans l'ombre.

IX.

Philippe, en sortant de ce lieu funèbre dans lequel il avait vu se briser toutes ses ambitions, et sa fortune s'en aller au vent avec les débris de ce papier qu'on déchirait en lambeaux, s'était mis à errer dans les bosquets du jardin, la tête brûlante, la poitrine gonflée d'indignation contre celle qui lui avait imposé son amour comme un sceau de malheur, comme une damnation anticipée; il était entré machinalement dans un pavillon, rempli peu d'heures auparavant du tumulte de la fête, et maintenant éclairé dans sa solitude par quelques flambeaux qui brûlaient encore sur un orchestre silencieux, sur un buffet dévasté. Enfoncé dans une chaise longue, il se frappait le front, brisait du pied les fleurs tombées sur la dalle, et laissait échapper des paroles interrompues, où ses regrets s'exhalaient en sombres murmures, en exclamations impétueuses; et dans sa douleur de jeune ambitieux, quelques larmes venaient à sa paupière pleurer la couronne de Castille...

Il entendit un léger souffle dans un coin du pavillon, il tourna la tête de ce côté et regarda un instant dans l'ombre.

— Tu es là, d'Egmont? dit-il.

Le jeune courtisan, étendu par terre sur un tapis, avait la tête appuyée sur le bord d'un canapé. On voyait épars, au milieu de ces coussins, des gants de femme, une mantille de dentelle, un bouquet effeuillé. D'Egmont, dans l'attitude de quelqu'un qui venait de s'éveiller, tenait ses regards attachés sur le prince.

— Oui, monseigneur, j'étais là, je vous regardais, et je me disais que la couronne d'Espagne, quelque belle qu'elle fût, ne valait pas une larme de Philippe.

— Tu ne sais pas de quelle manière cruelle elle m'est enlevée.

— Votre monologue vient de m'apprendre que nos affaires vont au plus mal. Je vous demanderai d'y ajouter quelques explications.

Le prince fit part à d'Egmont, avec de cruelles tristesses, des événements de la soirée.

Le jeune comte passa la main sur son front pour en chasser les vapeurs du vin et du sommeil; il éveilla cette âme forte qui habitait secrètement en lui et montrait parfois sa présence. Il alla s'asseoir en face du prince et dit résolument :

— Il faut en conclure avec notre destinée.

— J'étais, il y a quelques heures, souverain de toutes les Espagnes; me voici sujet de Ferdinand V, époux de Jeanne la Folle.

— Deux titres qu'on ne doit pas tenir à conserver.

— J'irais au bout du monde pour m'y soustraire.

— Nous en viendrons là, s'il le faut, mais on pourrait d'abord tenter d'autres moyens.

— Lesquels?

— Le plus simple serait de nous défaire de Ferdinand. Le moindre prétexte suffirait pour faire éclore contre lui un soulèvement populaire, et si le mousquet des révoltés ne portait pas juste, nos bonnes épées flamandes auraient bientôt trouvé son cœur dans sa poitrine. Le trône alors n'aurait plus d'autres maîtres que vous.

— Non, d'Egmont. Je n'ai pas cette ambition effrénée qui va jusqu'au crime. J'aime la royauté parce

qu'elle est mon élément. Mes yeux ont vu en s'ouvrant la lumière des cours, le berceau de vingt rois m'a reçu, les ailes de l'aigle impériale ont abrité mon premier sommeil, j'ai grandi sur les hauteurs d'où l'on voit le flot populaire à ses pieds, chaque instant de ma vie m'a dit que j'étais prince...

— Et la nature qui parait votre front de tant de beautés vous disait, elle aussi, que vous étiez prince selon ses lois.

— Mais si le sort me refuse l'empire, je ne veux pas l'arracher par un meurtre. Je ne désire pas assez le trône pour y aller par une route de sang; je ne veux pas être à la merci d'un remords qui pourrait venir me troubler à toute heure, au milieu de mes plus doux plaisirs.

— Alors c'est vous qui serez sacrifié à la sûreté de Ferdinand. Tant que vous avez été son compétiteur au trône, Ferdinand vous a laissé la vie, car le soupçon de votre mort serait retombé sur lui, et il était trop adroit pour s'en charger. Mais à présent, qu'en apparence il n'a plus à vous craindre, et qu'on ne songerait plus à lui imputer le coup qui viendrait vous frapper, il se hâtera de se défaire d'un rival d'autant plus à craindre, que le peuple chérit toujours le souverain qu'il n'a pas, et il préviendra par votre mort les caprices de ce peuple et les retours de la fortune.

— Oh! je ne veux pas que ma tombe soit creusée dans cette terre maudite et foulée au pied de l'Espagnol! Ce serait un enfer terrestre auquel mes ossements seraient condamnés.

— Alors il faut partir de l'Espagne sans congé, et retourner à jamais dans notre chère patrie. Votre père vous donnera une place sur son trône, ou nous vous en élèverons un par notre amour et notre féal dévouement.

— J'y pensais, mais...

— Mais l'amour de la jeune Grenadine vous retient à Tolède.

— Eh bien, oui... car j'aime Oléma plus qu'on aime une femme... je l'aime comme on aspire ce qu'il y a de suave, de délicieux dans la nature. Cette merveilleuse créature avec ses charmes, ses talents, ses mille séductions, exhale autour d'elle tout ce qui donne le bonheur; elle est la lumière, la musique, l'harmonie, la grâce, le parfum, l'ambroisie, la plus douce fièvre des sens. Je ne puis vivre sans ces jouissances auxquelles je fus toujours accoutumé, et ces jouissances, je les trouve froides, mortes, sans elle. Oléma est l'idéal de tout ce qui fait le charme des yeux, la joie du cœur; Oléma c'est le plaisir ayant une âme.

— Je savais tout cela, mon prince, et tandis que je vous proposais de quitter Tolède, mon esprit vous préparait en même temps les moyens de n'y laisser aucun regret. Vous partirez demain soir avec quelques-uns de vos fidèles amis dès que les ombres couvriront les campagnes de Tolède; vous laisserez de côté les routes royales où les envoyés du palais pourraient bientôt vous rejoindre; vous vous enfoncerez dans les défilés sauvages de la Sierra, puis vous irez m'attendre près d'Alarcon, dans l'ancienne forteresse des Maures. Moi je resterai quelques heures de plus dans cette ville pour enlever son précieux trésor; je m'emparerai au milieu de la nuit de notre belle esclave; je me jetterai dans une voiture avec elle, et j'irai vous rejoindre bride abattue au lieu du rendez-vous.

Trompé dans sa plus ardente ambition, ruiné dans toutes ses espérances, l'archiduc Philippe, sans une place maintenant sur la terre d'Espagne, sans une couronne pour abriter son front, n'avait trouvé rien de mieux à faire que de suivre les conseils de son favori. La nuit suivante, il n'était déjà plus dans les murs de Tolède.

Mais le comte d'Egmont, au moment d'exécuter l'enlèvement d'Oléma, la vit emporter loin de lui, morte ou vivante, et tomba sous le poignard d'un assassin.

Un instant après s'être retirée dans sa chambre à coucher, Oléma avait entendu un bruit sourd sur l'escalier, et vu entrer chez elle des hommes d'un aspect sinistre, qui l'avaient sommée de se rendre prisonnière et de les suivre. La jeune fille était forte contre toutes les impressions ; cependant, en reconnaissant ceux qui venaient la saisir, elle avait exhalé un cri de profonde terreur... Aussitôt on l'avait enveloppée dans une longue cape noire et jetée dans une voiture qui était partie rapidement.

Après un court trajet, l'équipage sombre et sans armoiries s'arrêta à la grille d'un vaste bâtiment. Les conducteurs d'Oléma la firent entrer dans une salle basse où elle demeura seule, assise sur un banc. L'enceinte était déserte et retentissait seulement par instant du pas des agents subalternes en froc et en armure, qui allaient silencieusement à leurs fonctions.

L'édifice, dont on découvrait l'intérieur par une longue suite de galeries ouvertes et éclairées, était immense comme un palais, cuirassé de fer et de soldats comme une citadelle, surchargé de richesse comme une abbaye, muré et verrouillé comme une prison. Construit avec les fruits de la rapine et les dépouilles des opprimés, il s'élevait à une hauteur prodigieuse ; servant de demeure aux hommes du pouvoir, à ses satellites et à leurs victimes, ses bâtiments couvraient une immense étendue de la ville.

Oléma était dans le palais de l'inquisition.

Elle se voila le visage de sa mante pour fuir au moins la vue de ce séjour d'horreur, et pria le Dieu de ses pères avec l'élan passionné du désespoir.

X.

Isabelle était une grande âme et une digne souveraine, elle avait eu la belle inspiration de conquérir à l'Espagne les dernières provinces occupées par les Maures, et le talent de la mettre en œuvre ; elle avait su comprendre les projets de l'aventurier Christophe Colomb, repoussés de toutes parts, et, en leur prêtant sa protection souveraine, elle s'était mise de moitié dans leur succès ; de toute manière, elle avait bien mérité de la patrie, et ce fut elle qui, par une compensation cruelle à tous ses bienfaits, permit et consacra l'*Inquisition moderne*, l'établissement du *Saint-Office* dans ses États. Le dominicain Torquemada, confesseur d'Isabelle dans sa première jeunesse, lui avait fait jurer que, si elle devenait reine, elle emploierait son autorité à extirper l'hérésie de son empire. Plus tard, il lui rappela son fatal serment ; elle céda à la sainteté de ce souvenir et souscrivit à tout ce qui serait fait par l'autorité ecclésiastique au nom de la foi. L'inquisition fut établie, et dans ses quatre premières années de règne qui venaient de s'écouler, il y avait eu six mille victimes ; des morts avaient été accusés dans leurs tombeaux et forcés de venir subir l'ignominie du supplice (1) ; plus de cent familles nobles étaient émigrées ; l'Espagne avait perdu toutes les richesses, que les juifs emportaient en fuyant. L'inquisition partait de ce beau prélude pour fournir sa carrière de sang, pendant laquelle le chiffre de ses victimes devait s'élever à plus de trois cent mille (1).

Au bout de quelques instants, on vint chercher Oléma pour la conduire dans la *chambre du conseil*. Elle marchait dans les longs passages de ce séjour caverneux, entre deux moines portant des flambeaux de cire jaune. Elle arriva à une galerie où tout le long de la muraille étaient des tableaux représentant les différentes tortures infligées par le saint-office. C'étaient de grandes figures de patients, la pâleur répandue sur tout le corps, liés avec des cordes qui faisaient jaillir le sang des chairs, et entourés de bourreaux en froc de moine, qui leur enfonçaient des roseaux pointus dans toutes les parties du corps, les déchiraient avec des tenailles, leur broyaient les os avec des carcans de fer, leur versaient des fontaines d'eau dans le gosier, retenaient d'une main immobile leurs pieds frottés d'huile devant des brasiers ardents. Toutes ces peintures, à la lueur des torches qui passaient devant elles, jaillissaient en relief, s'animaient, se mouvaient ; on voyait les chairs palpiter, le sang couler, les poitrines se soulever sous les râles de la mort.

Dans la pièce suivante, étaient étalés les instruments de supplice ; les chevalets, les chaînes, les fouets, les billots, les scies, les cordes, les fourneaux, les statues en plâtre creux, dans lesquelles on brûlait à petit feu, tous ces objets assuraient la réalité des images qu'on venait de voir, et montraient que ce n'était point des rêves de l'enfer.

De là, on fit entrer la jeune Maure dans la *chambre du conseil*.

Les pères dominicains, dans le costume monacal, dans ces robes blanches dont ils avaient rendu la couleur si lugubre, étaient rangés en demi-cercle. Le grand inquisiteur, Thomas Torquemada, ce vieillard en barbe blanche, qui avait présidé à l'arrestation d'Oléma, était assis dans le fond sur un siége plus élevé : il avait maintenant la robe violette, la tiare, et venait procéder à l'interrogatoire de l'accusée. La salle était sombre, élevée, garnie aux fenêtres de barreaux de fer, éclairée de fourneaux résineux qui répandaient dans l'espace la lueur rouge d'un bûcher. Un seul ornement, un seul objet de luxe se faisait voir au milieu de cette sombre nudité, c'était le chiffre *six mille*, tracé en argent sur du velours noir, qui marquait le nombre des personnes déjà expirées dans les tourments, par les ordres de la *suprême*, et qui était placé au-dessus du siége du grand inquisiteur. Ce chiffre était sa couronne et son auréole.

On fit asseoir Oléma sur le banc des accusés, et la séance s'ouvrit.

Quand elle parut, dépouillée de la sombre enveloppe qui l'avait d'abord voilée, la tête nue, la taille couverte du simple vêtement blanc qu'elle portait dans sa chambre au moment de l'arrestation, c'était la plus admirable créature qu'on pût rencontrer sous le ciel. Elle avait rassemblé tant de courage dans son âme, qu'il s'épandait sur ses traits un éclat radieux. Sa beauté semblait illuminer cette lugubre enceinte. Ses yeux étaient baissés ; mais son front haut, ses sourcils serrés, la fermeté de sa contenance montraient la force intérieure de cet être délicat et charmant. Sa bouche, fière et pure, annonçait la dignité candide des paroles qui allaient en sortir. Ce n'était plus, sur ce banc des accusés, la vic-

(1) Le comte Gaspard de Santa-Cruz ayant été accusé d'hérésie après sa mort, son fils fut contraint par les dominicains à exhumer lui-même le corps de son père et à l'apporter sur le bûcher.

(1) *Histoire de l'Inquisition*, de Léonard Gallois, d'Antoine Lorente, etc.

time abattue, dont le trait terminait le tableau d'effroi qu'on avait sous les yeux ; c'était, dans une simple jeune fille, cette liberté d'âme qui se soulève contre la force brutale, quelque formidable qu'elle soit.

Le chef de l'ordre, son pupitre devant lui et le greffier assis à ses côtés, tournait les feuillets du code sanguinaire, cherchant l'article qui concernait la nouvelle accusée. Elle était immobile devant lui, en face du demi-cercle formé par le sombre tribunal. Mais par une absence de l'esprit, qui semble quelquefois abandonner notre corps à son mauvais destin et s'éloigner au moment du danger, la pensée de la jeune Maure était loin de là ; elle revoyait les bosquets enchantés de Grenade, elle parcourait le palais de Castille, s'arrêtait auprès de Ben-Zagal, écoutant les projets héroïques de ses frères, puis apercevait Philippe dans le fond du tableau, et, on ne sait par quel sentiment, s'arrêtait davantage à cette image...

La voix de Torquemada vint l'éveiller de ce songe. Le grand inquisiteur lui ordonnait de confesser les hérésies, les impiétés et sortiléges dont elle s'était rendue coupable.

Un sourire de dédain passa sur les lèvres de la jeune fille, elle répondit que puisque les membres du saint-office l'avaient fait arrêter et comparaître devant eux, ils lui connaissaient sans doute des crimes ; que c'était donc à eux à les déclarer, et non à elle que cet ordre terrible avait surprise au milieu de sa vie de chaque jour et du calme de sa conscience.

Elle croisa les bras sur sa poitrine attendant son accusation.

Le dominicain lut alors sur un feuillet écrit en caractères rouges que la fille maure attachée au service de la reine Isabelle, après avoir été convertie et sanctifiée de l'eau du baptême, était accusée de retomber dans son culte impie. On l'avait vue se tourner du côté de l'Orient pour faire sa prière, verser de l'eau de rose sur sa tête en manière d'ablution, tracer sur le sable des versets du Coran.

Oléma ne démentit aucune de ces accusations : elle avait caché sa foi pour l'utilité de la cause qu'elle servait, elle ne voulait pas la renier pour défendre sa vie.

L'inquisition ajouta que ces pratiques superstitieuses étant l'effet de l'obstination au faux culte ou d'une rechute profonde, constituaient le crime de *relaps au dernier degré*, et que l'accusée était susceptible des peines les plus graves, dans le cas où deux témoins viendraient ratifier ces preuves.

A ces mots, un souffle d'espérance vint soulever le sein d'Oléma. Elle s'était trouvée si subitement prisonnière du saint-office, qu'elle n'avait pas eu le temps de juger tout ce qu'il en était de semblables chaînes ; il lui semblait encore que c'étaient de feintes rigueurs dont on voulait effrayer son imagination ; et lorsqu'elle entendit dire que deux accusateurs devaient venir attester ses prétendus crimes pour qu'elle fût condamnée, elle répondit avec assurance :

— Ces témoins ne viendront pas. Nul n'a jamais donné une pensée sérieuse à la pauvre esclave. Parmi ces vainqueurs qui la faisaient appeler pour réjouir leurs yeux de sa danse ou endormir leurs ennuis aux sons de sa voix, nul n'a songé qu'elle pût avoir une âme et ne s'est inquiété de son Dieu.

En ce moment, une voix qui partait du fond de la salle prononça ces mots : « La princesse Jeanne. »

Et une femme s'avança à pas lents au milieu de l'assemblée.

Oléma pâlit et frissonna. L'aspect de la princesse de Castille était plus terrible que tout l'appareil de ce tribunal de sang... En la regardant, elle vit se dévoiler le secret de son arrestation, elle vit le poignard de Jeanne derrière le code de l'inquisition, et sentit qu'elle serait frappée au cœur.

Il était vrai, Jeanne, entraînée par le désir de donner la mort la plus cruelle à sa rivale, l'avait fait dénoncer au saint-office et venait elle-même l'accuser.

Les membres du tribunal se levèrent et attendirent les paroles qu'elle allait prononcer. Au moment d'accomplir cet acte de cruauté, elle s'arrêta comme étourdie elle-même de cet excès d'indigne courage. Elle promena autour d'elle un coup d'œil égaré, ses lèvres entr'ouvertes se fermèrent... Mais son regard retomba sur Oléma ! Elle retrouva cette taille aérienne, ces longs cheveux noirs, ce front dessiné d'un trait divin, cette bouche rose et mobile ; elle revit Philippe enlaçant cette taille de ses bras, couvrant ces cheveux noirs de ses baisers, attirant tout cet être à lui par un mouvement dans lequel il y avait tant d'amour ! Alors, malgré la honte qui l'accablait, sa rage lui dicta des paroles accusatrices.

— Cette femme, dit-elle d'une voix sourde et haletante, a trompé le zèle des saints ministres du Seigneur ; elle a feint d'adopter la vraie foi pour demeurer paisible dans ses croyances sacriléges ; elle a menti sous l'eau du baptême, elle a menti à la table de la communion, elle ment et blasphème tous les jours dans le saint lieu qu'elle souille de sa présence. Sa religion est semblable à ses amours, où elle donne ses tendresses secrètes à un musulman, tandis qu'elle feint de partager les ardeurs des chrétiens qu'attirent près d'elle ses odieuses séductions...

Oléma, en effet, était coupable de toutes ces dissimulations ; mais elles devaient servir la cause de sa nation, et, dans son fanatisme pour cette cause, elle était arrivée au mensonge comme à la plus difficile vertu. Sans rien répondre à ces paroles accablantes, elle leva les yeux au ciel : les hommes ne sauraient que dévoiler ses feintes, Dieu seul pouvait les juger... Elle regarda alors la princesse de Castille, et ce fut avec pitié. Pitié pour cet amour, cet amour malheureux jusqu'à n'avoir plus à attendre que la vengeance ! pitié pour ce cœur torturé de jalousie qui avait dû tant souffrir avant de se dénaturer ! pitié pour cette grandeur qui descendait jusqu'à un rôle infâme !

Puis la jeune Maure, ne voulant pas prononcer un seul mot pour sa défense, tourna la tête vers ses juges et leur demanda avec hardiesse où était le deuxième accusateur.

— Il faut deux témoins, avez-vous dit, pour ma condamnation ; je pense qu'il ne pourra s'en présenter un second.

— Le voici, dit le président de ce terrible conseil en levant un rideau noir, et en montrant un livre posé sur le bureau.

C'était le Coran trouvé dans la chambre d'Oléma et saisi par ses ravisseurs.

— Ce livre vous accuse, dit Torquemada. Si vous niez les droits qu'il a sur vous, si vous repoussez ses impostures, jetez-le vous-même sur un des brasiers qui brûlent dans cette enceinte.

Oléma prit le Coran. Son âme était arrachée à tout intérêt terrestre, et ne brûlait plus que de la ferveur religieuse.

— Ce livre, dit-elle en pâlissant d'exaltation, contient la vérité, car il proclame un Dieu qui protége et bénit ses enfants, et le vôtre...

Elle montra d'une main le chiffre terrible qui annonçait le massacre d'une population entière, tandis que de l'autre elle pressait le Coran sur son cœur.

Les pères dominicains se consultèrent quelques instants à voix basse, puis le grand inquisiteur fit un signe aux familiers.

Quelques minutes après, un bruit de fer vint résonner sourdement sous ces voûtes : c'étaient des moines armés qui avançaient sur l'ordre de Torquemada pour conduire l'accusée au cachot, et dont les hallebardes, en passant dans la galerie, heurtaient les ferrures des instruments de supplice suspendus en trophées.

Oléma fut bientôt entourée de ce cercle de lances. Jeanne, en voyant cette jeune fille au milieu de ces hommes dont l'aspect évoquait celui des tortures, dont les yeux répandaient le fluide de la mort, dont les figures hideuses ne pouvaient se mirer que dans des cadavres, Jeanne fut saisie d'un affreux tremblement. Elle tomba sur l'escabelle de bois que venait de quitter la condamnée; et en même temps, Oléma, pour marcher à la porte où on l'emmenait, passa sur une estrade un peu plus élevée. De là, elle domina la princesse de Castille de toute sa hauteur; elle s'arrêta un instant, et lui jeta à demi-voix le nom de Philippe. Elle était vengée.

La femme aimée, dans quelque position qu'elle se trouve, dans quelque abîme qu'elle soit tombée, est toujours reine, triomphante, heureuse, elle a la fortune, le pouvoir, les trésors, la couronne; celle qu'on n'aime pas est seule esclave et condamnée.

Le jour qui suivit cette séance nocturne de l'inquisition, la princesse de Castille demeura enfermée dans ses appartements, bien après l'heure accoutumée de son lever. Aucune de ses femmes n'osait y pénétrer sans son ordre. Un grand trouble régnait cependant parmi elles. On avait vu rentrer la princesse au milieu de la nuit, plus accablée, plus sombre que jamais; quand une de ses femmes lui avait présenté le livre d'heures dont elle se servait ordinairement pour sa prière du soir, elle l'avait repoussé avec une espèce de terreur, et c'était la première fois qu'elle s'était mise au lit sans accomplir ses pieux devoirs. Elle semblait dans les plus funestes dispositions d'esprit. Et c'était dans ce moment même qu'on avait une nouvelle terrible à lui annoncer.

Le prince Philippe avait disparu la nuit même de Tolède; l'absence d'un de ses équipages et de plusieurs de ses domestiques indiquait un départ de la ville, et nul indice ne révélait sa route ni le but de son voyage. Ce mystère entourait l'absence du prince d'un caractère effrayant qui devait réduire sa femme au désespoir. Ce fut donc en tremblant, et avec des craintes réelles pour sa vie, dont ce coup pouvait briser les faibles restes, qu'on lui annonça la disparition étrange de l'archiduc.

Cependant Jeanne apprit cet événement avec plus de force qu'on n'aurait dû le penser. Elle regarda le cadran solaire.

— Il ne peut être encore sorti de la Castille, dit-elle. La Castille m'appartient, m'obéit; elle doit me le rendre. Vingt mille ducats d'or et la noblesse à celui de ses habitants qui aura vu passer l'archiduc Philippe; faites proclamer cette récompense; que mille courriers aillent sur tous les rayons du royaume chercher les traces du prince; qu'une voiture de voyage soit prête pour moi à l'instant même, que les chevaux aillent plus vite que le vent. Puis, elle se dit avec courage :

— Philippe est parti, mais je sens que je le retrouverai. Dans quelque coin du royaume qu'il veuille aller je l'y suivrai, j'y demeurerai près de lui.

XI.

Dans une des gorges les plus profondes de la Sierra s'élevait un de ces nombreux châteaux-forts dont les Maures avaient couvert la Castille. Construites par les musulmans, occupées souvent par les chrétiens, ces bastilles avaient servi tour à tour de point de défense aux deux peuples et subi doublement les ravages des combats. Depuis que la pacification de l'Espagne avait rendu leurs remparts inutiles, ils achevaient de tomber en ruine et n'étaient plus habités que par les hiboux, les orfraies, les brigands en voyage et les corbeaux qui avaient trouvé longtemps pour pâture des corps oubliés par la guerre. Celui de ces châteaux ou *ataya*, qu'on voyait dans le pays agreste de la Sierra, était une construction toute barbare, un lourd corps de logis quadrilatère, flanqué de deux grosses tours écroulées. Une forêt de chênes verts l'entourait à demi et le dominait de ses immenses sommets; de l'autre côté il était gardé par d'énormes rochers, où le torrent de Bénarès serpentait entre des pics aigus.

Un soir, le ciel chargé d'orage mêlait à la teinte grise des pierres du vieux castel un rouge sombre et ardent; le vent arrachait les hautes branches des chênes voisins, les jetait tournoyantes sur son toit et en même temps enlevait les blocs de ses créneaux pour les envoyer rouler à grand bruit dans le torrent. Une femme accompagnée d'une assez nombreuse escorte, et montée sur une belle haquenée qui avait peine à traverser ces parages difficiles, quitta la route qu'elle suivait, et que le mauvais temps rendait impraticable, pour venir s'abriter dans les murailles de la masure.

C'était la princesse de Castille qui, après avoir appris par quelques indices que l'archiduc Philippe devait s'être dirigé de ce côté, venait le chercher jusque dans ces pays déserts.

Lorsque Jeanne s'approcha de l'ataya, le vieux bâtiment était entièrement sombre et silencieux; cependant, au moment où la suite de la princesse entrait dans la cour intérieure, on aperçut un homme se glisser le long des murs, sortir par une poterne qui donnait sur la forêt, et il y eut de ce côté un bruissement de feuilles semblable à celui que causeraient plusieurs personnes s'enfonçant dans les taillis.

Les femmes de la princesse allèrent prendre un abri dans le corps de bâtiment qui s'élevait à droite, et semblait moins délabré que les autres. Mais Jeanne, tourmentée d'inquiétude, irritée du retard que l'orage apportait à sa marche, alla seule errer dans une espèce de cloître qui terminait le château et donnait sur la campagne du côté où coulait le torrent de Bénarès. Elle voulait demeurer là pour épier le moment où le temps s'éclaircirait, et regardait d'un œil hagard et colère cette atmosphère d'airain qui lui barrait le passage.

Elle marchait d'un pas agité sous ces arcades. Les piliers qui s'élevaient à côté d'elle, sculptés de diverses manières par la ruine, avaient des formes fantastiques. Les feuilles mortes amassées sur la dalle par plusieurs automnes, étaient de loin en loin soulevées par la brise et bruissaient autour de ses pas.

Les grandes douleurs de la vie s'unissent par un lien invisible. La disparition de Philippe faisait reparaître dans l'esprit de Jeanne les peines cruelles qui l'avaient précédée; les longues tristesses de son enfance, son amour méprisé, la jalousie qui avait longtemps dévoré son sein, l'affreuse certitude de l'infidélité de Philippe, qui était venue lui succéder, et, planant sur tout cela, la terreur d'un mal qui avilit l'humanité, qui fait frémir la nature.

— Hélas! disait-elle, les plus misérables des êtres ont au moins le bien qui m'est refusé, la raison; leur âme ne les abandonne qu'à la mort; mais moi, ma pauvre âme s'en est allée au ciel avant moi!

La fille des rois, la princesse de Castille se voyait la plus malheureuse créature qui fût au monde.

— Que je voudrais être, s'écriait-elle, que je voudrais être le bûcheron qui travaille tout le jour dans cette forêt, la mendiante qui en ramasse les brins pour son foyer, le muletier qui passe la nuit sur la route noire, l'enfant qui se déchire les mains aux buissons pour en arracher les fruits sauvages...

En ce moment, elle vit venir une petite paysanne qui ramenait son troupeau de chèvres de la montagne; elle avait mis son tablier de toile sur sa tête pour se garantir de la pluie, et passait devant Jeanne en faisant entendre un refrain des campagnes. Elle chantait d'une voix jeune et fraîche:

> « Le vallon m'a donné troupeau, cabane blanche,
> Bois de rose à l'entour, rossignol à la branche;
> Et celui qui regardera
> Dans la fontaine où je me mire,
> Y verra le sourire,
> Le bonheur y verra. »

Un cri s'exhala de la poitrine de Jeanne, une larme mouilla ses yeux: c'était un cri d'envie, une larme d'envie.

— Heureuse paysanne! disait-elle avec une fièvre de désir, que je voudrais être toi! Tu ne trembles pas même pendant l'orage pour le champ que tu n'as pas; tu te garantis de la pluie avec ton tablier, et toutes tes mesures sont prises contre les fléaux de la vie; tu n'as plus qu'à chanter; tu ramènes ton troupeau tout entier dans ta cabane, et rien ne manque à ton bonheur. Et si tu avais des peines, des humiliations, tu pourrais les cacher dans ton vallon sauvage, tu n'en rougirais devant aucun être; à une lieue d'ici ton existence est ignorée. Mais moi, moi, accablée d'infortunes, de hontes, je suis placée sur une hauteur où donnent tous les regards, exposée à l'attention, à l'étonnement, au dédain de toute une nation!..

Jeanne se mit à marcher précipitamment comme pour se fuir elle-même, sur le sable qui s'étendait entre le château et la rivière. Puis sa pensée étant rapidement revenue à Philippe, elle regarda si l'orage qui avait suspendu sa route durait encore. La nuit était venue, et de lourdes masses de vapeurs, sillonnées d'éclairs, chargeaient toujours le ciel; quelques lumières s'étaient répandues dans la forêt... Cependant Jeanne avait tant d'envie de partir, de chercher, de retrouver Philippe! Elle s'agenouilla sur la grève, et, joignant les mains, se mit en prières devant les nuages pour les supplier de s'éloigner de l'horizon.

En ce moment un homme se trouva debout devant elle.

L'eau blanche du torrent reflétait assez de lueur sur son visage pour qu'elle pût le reconnaître. C'était Ben-Zagal, le prisonnier maure attaché aux jardins du palais de Tolède; mais il ne portait plus alors son costume grossier, il avait un turban vert, signe de haute distinction parmi les musulmans, un cafetan de laine blanche, un dolman écarlate; un brillant cimeterre pendait à sa ceinture.

Jeanne avait eu à peine le temps de se rappeler ses traits, et ne s'était point aperçue de son changement de costume lorsqu'il lui dit:

— Princesse de Castille, vous avez promis vingt mille ducats d'or à celui qui découvrirait les traces de l'archiduc Philippe, la noblesse, s'il était roturier, la liberté s'il était esclave. Je viens gagner la récompense promise.

— Vous savez où est Philippe? s'écria Jeanne en regardant cet homme avec extase.

— Je vais vous le dire; mais, avant, il faut tenir votre parole royale.

— Où est-il?... où est-il?... répéta-t-elle avec transport.

— Voici un parchemin, une plume: signez cet acte d'affranchissement, et je vous le dirai.

Elle écrivit, tremblante de joie, palpitante, éperdue, ne baissant point ses regards sur les caractères qu'elle traçait, mais les tenant perçants, embrasés sur les yeux de Ben-Zagal et répétant toujours:

— Où est-il?...

Dès que le Maure eut mis dans sa ceinture le parchemin dont il s'était emparé, il prit d'une main le bras de la princesse, et de l'autre lui montrant l'aile gauche du château:

— Là! dit-il.

— Dans ce château! si près de moi! ah!...

— Là, à la troisième fenêtre. Seul dans l'ombre, il tient soulevé le réseau de lierre qui pend devant la croisée; il regarde sur la route de la Sierra s'il ne verra aucune lumière; il écoute s'il n'entendra aucun bruit. Depuis trois jours il est ainsi, les yeux fixés sur ce point de l'horizon, attendant avec anxiété un ami avec lequel il doit passer en Allemagne.

— O Philippe! je t'y suivrai.

— Son impatience est si grande qu'il demeure toujours là, à cette fenêtre, prenant à peine de la nourriture, ne souffrant pas qu'on lui apporte de la lumière pendant la nuit, afin que nul indice ne révèle sa présence. De ce corps de bâtiment, qui donne sur l'étendue de la Sierra, il n'a pu apercevoir votre arrivée dans l'autre aile du château; et ses gens, qui habitent du même côté que lui, sont maintenant tous endormis.

Jeanne n'entendait plus rien; accablée par de brûlantes émotions, appuyée contre un rocher, elle se repaissait un instant de sa surprise, de sa joie, avant de voler auprès de Philippe.

Ben-Zagal croisa ses bras sur sa poitrine. Regardant tour à tour de son œil de feu la fenêtre où était Philippe, la princesse Jeanne, appuyée contre cette roche, et les lumières errantes dans la forêt.

— Oh! dit-il, ces lieux ont été naguère le théâtre de bien des combats, ils ont vu bien des hommes tomber, bien des armes se briser dans des luttes de sang... Mais ils voient aujourd'hui la guerre des passions, bien plus féconde en souffrances, et qui tuent l'âme avec le corps.

Jeanne avait rassemblé toutes ses forces, elle traversa la cour qui conduisait au corps de bâtiment occupé par le prince. L'ombre de quelqu'un qui la suivait de bien près se mêlait à la sienne, mais elle ne l'apercevait pas. Elle monta précipitamment un escalier noir et tournant qui conduisait à cette chambre; elle arriva près de la porte... Philippe, entendant du bruit à cette heure sur les degrés, crut que c'était d'Egmont qui arrivait amenant Oléma; il se précipita vers l'escalier transporté de joie et s'écria:

— Enfin!...

Il vit Jeanne à la lueur d'une pâle lune, il s'arrêta pétrifié en proférant d'une voix sourde:

— Encore!

Jeanne, après être entrée s'adossa contre la porte comme pour fermer le passage et s'assurer de la possession de Philippe. Elle lui dit avec la plus grande fermeté jointe à la plus grande douceur :

— Philippe, est-ce l'Espagne ou moi que vous fuyez? Si c'est l'Espagne, que votre volonté soit faite; je vous suivrai, j'irai où il vous plaira d'aller; tous les lieux me sembleront beaux dès que vous y serez. Si c'est moi, renoncez à votre barbare projet, pardonnez à une pauvre femme qui n'a été coupable que de trop vous aimer..... Une créature si faible n'est pas digne de votre colère; n'abandonnez pas un royaume qui vous réclame et que vous devez conserver à votre fils pour une si petite vengeance.

— Madame, dit le prince, il doit enfin s'élever une barrière entre nous; ma présence redouble cet amour désordonné qui vous trouble l'esprit, qui vous dévore le cœur; le vôtre m'accable de ces tourments domestiques, de ces aiguillons de chaque jour qui font enfin des blessures profondes; la lutte éclate et nous brise tous deux.

— Ainsi, c'est de moi, Philippe, c'est de ma vue que vous voulez vous délivrer en prenant la route d'Allemagne. Eh bien! il est un moyen de vous épargner la peine du voyage. Demeurez à Tolède, où votre place est marquée, je ferai tout pour vous soulager de ma présence; je resterai toujours enfermée dans mes appartements; je ne vous verrai jamais sans votre permission, je ne vous tourmenterai plus de mes impétueuses jalousies; je ne saurai plus que vous aimez d'autres femmes, je saurai seulement que vous êtes là, et que vous êtes revenu par pitié pour moi.

— Il n'est plus temps; après avoir quitté la Castille en fugitif, j'ai abjuré mes droits sur elle, et sans les droits d'un souverain, je ne peux y rentrer.

— Vous pouvez encore moins, seigneur, abandonner un pays qui vous aime et vous admire, qui a besoin de votre jeunesse, de votre force pour soutenir les efforts de ses vieux défenseurs.

— L'Espagne m'était étrangère, on me l'a rendue odieuse.

— Hélas! on vous a refusé cette couronne qui vous appartenait si bien, et qui eût été si belle sur votre front. Et c'est moi, malheureuse! moi qui en suis la cause... Mais, je vous l'ai dit, je ferai tout pour vous la rendre, les prières, l'autorité, les sacrifices, je mettrai tout en œuvre pour ce but et je triompherai, car Dieu aura pitié de moi... mais revenez, au nom du ciel, revenez; que je n'aie pas cette douleur affreuse d'avoir enlevé à mon pays un prince qui en fait le bonheur, la gloire; revenez, c'est l'Espagne entière qui vous en supplie avec moi.

Et l'infortunée s'était prosternée devant le prince. Repliée sur elle-même, elle appuyait sa tête désolée dans ses mains; ses larmes mouillaient la pierre où touchaient les pieds de Philippe; ses longs cheveux défaits s'étendaient jusqu'à ces pieds adorés et venaient les effleurer avec amour. Tout, dans la pauvre Jeanne, priait, suppliait, pleurait, demandait grâce.

— Oh! pitié! pitié! disait-elle encore d'un accent déchirant, pitié pour l'Espagne et pour moi! Si tu peux encore entendre la voix de la souffrance, s'il y a encore pour elle une larme dans tes yeux, une fibre vibrante dans ton cœur, une étincelle de feu sacré dans ton âme, pitié pour l'Espagne et pour moi!

Un morne silence fut tout ce qu'elle obtint. Philippe avait trop de haine pour elle et pour le pays où elle voulait l'enchaîner; il est des sentiments qu'il n'est pas donné à l'humanité de vaincre.

Soudain Jeanne se releva; une pensée inspiratrice venait de se présenter à elle.

— Philippe, dit-elle, un grand danger menace la Castille. Je ne sais quel pressentiment de mon âme ou quelle voix de Dieu me le révèle, mais je suis sûre que les Maures se rassemblent, conspirent, et qu'ils vont se porter au centre de ce royaume; dans un rêve inspiré, ou dans une vision où la distance s'effaçait pour moi, j'ai vu une forêt dans laquelle un grand nombre de combattants semblaient se cacher; ils portaient le costume musulman, ils armaient leurs mousquets et ils regardaient du côté de Tolède... Tu ne voudrais pas fuir une ville qui va être atteinte par la guerre!..... tu ne voudrais pas, car il y aurait de la lâcheté dans cette action.

— Eh! que m'importe, à moi, dit Philippe en frappant violemment la terre du pied. Les Arabes sont les maîtres de la Castille comme les Espagnols; le droit légitime n'appartient à personne; Dieu n'a dit à aucun homme: Je te donne cette terre. Les chrétiens la prennent à la pointe de l'épée, les musulmans l'enlèvent au fil du cimeterre; et les plus forts trônent dans des palais et couchent sous des orangers.

Un affreux sourire passa sur les lèvres de Jeanne.

— Ah! dit-elle, je comprends, tu défends les Maures parce que tu aimes une femme de leur nation.

Cette pauvre âme, éperdue d'amour, rapportait tout à l'amour.

— Je le vois maintenant, ajouta-t-elle, non content de trahir votre femme pour cette indigne passion, vous voulez encore trahir votre royaume.

— Oléma! dit Philippe avec un cri de tendresse.

À ce nom, Jeanne pâlit, frissonna, car un affreux souvenir vint s'offrir à elle. Elle répondit d'une voix stridente :

— Vous ne la verrez plus!

Philippe resta immobile de désespoir et d'horreur. Il devina, en ce moment, que Jeanne était cause de l'absence d'Oléma, qui depuis trois jours le dévorait d'inquiétude.

Il y eut un moment de silence terrible... Pendant ce moment on aurait pu entendre un souffle passer derrière une des lézardes qui fendaient la ruine.

— Juste ciel, dit enfin Philippe en frémissant de tout son corps, qu'avez-vous fait d'Oléma?

— Je l'ai séparée de vous.

— Où est-elle?

Jeanne se tut, égarée dans un mélange de joie triomphante et d'horreur d'elle-même.

— Où est-elle? répéta Philippe; chassée du palais? vendue? exilée dans les îles?

— Plus loin, plus loin de vous.

— Dans le tombeau?

— Vous auriez pu l'y retrouver; plus loin encore.

— Où donc? où donc? répéta-t-il en grinçant les dents de rage.

— Dans les cachots de l'inquisition!

À ces mots, Jeanne et Philippe se regardèrent dans un silence où s'exhalait tout ce que la vengeance et la haine ont de fureur; à ces mots aussi un cri profond retentit à quelques pas d'eux; on eût dit qu'une bête féroce répondait par son mugissement au mugissement sourd et terrible qui grondait dans le sein de ces deux êtres; Jeanne en fut glacée et s'appuya tremblante contre la muraille. Philippe ne l'entendit pas; il dit avec un sourire convulsif.

— Vous avez raison, madame, il faut que je retourne à Tolède; j'y retournerai.

— Vous n'arracherez pas l'infidèle des mains de ses juges.

— Je l'en arracherai, j'en jure Dieu même.

— Vous n'avez plus de pouvoir sur elle.

Les moines la conduisent à la question..

— J'ai le moyen de la sauver et aussi celui de vous punir, Jeanne de Castille !

— Je ne peux pas être plus à plaindre que je ne le suis.

— Peut-être.

— Vous me tuerez, je vous l'ai dit, c'est ma dernière espérance.

— Il est une punition plus forte que la mort.

Alors il fit un mouvement pour sortir.

Jeanne s'écria en joignant les mains :

— Philippe ! Philippe ! ne me quitte pas ainsi.

Il ne la regarda pas et s'avança vers la porte ; elle se jeta étendue sur le seuil pour lui fermer le passage de son corps.

Philippe égaré la repoussa du pied comme un objet inerte qui eût gêné son chemin, et descendit précipitamment l'escalier.

A la même minute, il éveilla ses gens, fit préparer sa voiture et reprit au plus vif élan de ses chevaux la route de Tolède.

Au bout de quelques instants Jeanne se releva brisée, anéantie par le désespoir. Ses lèvres murmurèrent le nom de Philippe, il n'était plus là ; elle descendit dans les cours de la forteresse, il n'y était plus ; elle sortit dans la campagne, personne ne parut à ses regards, rien ne se fit entendre autour d'elle. La nuit était claire, Jeanne monta sur une roche en s'attachant aux broussailles ; elle ne découvrit rien à l'horizon. Elle regarda bien longtemps, puis elle mit la main sur son cœur :

— Perdu ! perdu pour moi ! dit-elle.

Cette cruelle pensée, comme un coup de vent qui en-

lève une faible plante, arracha son âme de son sein et l'emporta loin d'elle. La fatigue de la journée, les émotions cruelles de cette nuit, l'électricité répandue dans l'air par l'orage, le désespoir de ce dernier moment, avaient amené une crise terrible et décisive.

Jeanne cessa subitement de marcher, regarda fixement devant elle ; ses yeux plus enfoncés jetèrent une lueur farouche, une terreur surnaturelle contracta son visage ; ses dents grincèrent sous ses lèvres livides ; elle passa les mains sur son front comme pour en éloigner une douleur violente. La fièvre qui la possédait était si forte, que toutes ses fibres tressaillaient et que ses cheveux semblaient frémir sur sa tête.

Elle venait de sentir dans son cerveau cette flamme tournoyante, mugissante, qui annonçait l'approche de la folie..... Bientôt toute idée, toute connaissance cessa pour elle.

Elle se remit à errer aux environs du castel parmi les éboulements de pierres noires tombées des hauts remparts. La lune venait de se lever et éclairait cette âme en détresse au milieu de ce séjour de détresse : c'était comme une autre journée qui venait d'être créée pâle, languissante et voilée pour la ruine et la folie.

Jeanne courait sur des mousses glissantes et des rocailles encore pleines de pluie au milieu des pics hérissés. Le vent battait son corps si frêle, le cernait dans ses tourbillons et le pliait comme les minces arbrisseaux. Elle s'élançait aux sommets escarpés, franchissait les ravins. Elle arrachait un roseau et en frappait une roche comme si elle eût voulu la percer de coups de poignard, puis elle regardait ses mains sur lesquelles

Philippe et Oléma assis sur un lit de repos.

e.le croyait voir des traces de sang, et courait se blot-
tir au fond d'une grotte écartée ; un instant après elle
en sortait sa tête, regardait de tout côté d'un œil hagard, effrayé, et bientôt reprenait sa course parmi les
champs sauvages.

Soudain Jeanne s'arrêta, ses traits s'adoucirent, un
sourire erra sur sa pâleur, ses yeux exprimèrent une
démence plus sereine. Elle venait de sentir le parfum
d'un lis qui avait crû dans la fente d'un rocher. Sa folie changea subitement de cours ; elle s'assit auprès de
cette fleur sur une pierre mousseuse ; il sembla que tout
s'embellissait autour d'elle. Elle écarta mollement ses
cheveux et présenta son visage à la rafale, comme elle
l'eût offert au plus doux souffle du printemps. Un hi-
bou faisait entendre son cri lugubre ; elle pencha la
tête pour l'écouter, et sa figure exprima le plaisir qu'eût
donné la plus mélodieuse musique des oiseaux. Elle se
mit à cueillir des brins de mousse et des ronces autour
d'elle ; elle en para ses cheveux, son corsage et le bord
de sa robe ; puis, s'adressant à un être imaginaire
qu'elle voyait assis près d'elle, elle lui parlait avec les
plus doux accents de sa voix, elle l'appelait Philippe
avec les plus doux transports de son âme... L'infortunée se croyait près de son époux au milieu d'une riante
campagne.

Une nuit se passa ainsi dans la solitude et l'égarement. Quand le jour reparut, ses femmes qui la cherchaient de toute part la virent revenir à pas lents vers
la forteresse. Ses vêtements étaient inondés et pleins de
vase, ses pieds meurtris, ses cheveux et sa robe semés
de brins d'herbes flétris. On la transporta dans la ruine,
où l'on fut obligé de la retenir plusieurs jours. Le mal
terrible venait de s'emparer d'elle pour ne plus la quitter qu'à de rares intervalles. Sa démence parut pour la
première fois aux yeux de ses sujets ; ce fut le moment
où elle prit, pour le conserver jusque dans la postérité
la plus reculée, ce triste nom de *Jeanne la Folle*.

XII.

A deux milles de l'antique forteresse, la voiture de
l'archiduc Philippe, qui, en rasant le sol de toute la ra-
pidité de sa course, bondissait sur les blocs de roche
et les ravins, se brisa en éclats. Le prince et ses gens
demeurèrent consternés de cet accident : il n'y avait
aucun moyen de remplacer l'équipage fracassé ; les yeux
qui interrogeaient l'horizon ne découvraient que landes,
forêts ou plaines désertes. Philippe se frappait le front
d'impatience et dévorait la route du regard. Depuis
qu'on était sorti de l'attaya, on voyait sur les hauteurs
voisines un cavalier suivre la même direction que la
voiture, et il paraissait franchir ces sommets escarpés
aussi facilement qu'une route royale. A ce moment-là,
le cavalier quitta la ligne qu'il suivait et arriva près de
l'archiduc en quelques secondes. Lorsqu'il approcha,
on reconnut, à la demi-clarté de la lune, un Musulman
monté sur un cheval arabe.

Il mit pied à terre auprès de l'archiduc et lui dit d'une
voix brève :

— Prince Philippe, si dans l'embarras où tu te trouves,
tu veux partager mon cheval pour retourner à Tolède,

voici Coraïm qui nous y emportera tous deux aussi vite que le vent.. aussi vite que ton désir.

Il présentait au prince un beau cheval noir, portant au lieu de selle une peau de lion serrée d'une zone de pourpre.

Philippe reconnut celui qui lui parlait et dit avec surprise :

— C'est toi, Ben-Zagal ; comment te trouves-tu dans cet endroit?

— Monte, monte vite à cheval près de moi, car les moments sont plus précieux que les gouttes de sang de nos veines, et je te répondrai en route.

Philippe, qui n'avait d'autre parti à prendre, et voulait arriver à tout prix, sauta légèrement en croupe, et le cheval reprit sa course rapide.

— Je t'aurais cru à cette heure dans les jardins du palais, dit le prince à son conducteur.

— Tu as oublié que les seigneurs de ta cour ont voulu m'envoyer dans les gorges de la Sierra chercher un fruit de ces contrées plus doux que l'ananas et qui a la vertu de donner d'heureux songes ; tu as toi-même signé mon sauf-conduit. Je vous ai juré à tous que je reviendrais... et je reviens.

— Rapportes-tu ce que nos seigneurs désirent?

— Oui, dit-il, la semence de ce fruit est là ; par un mouvement dérobé, il porta la main à son cimeterre. J'espère qu'il mûrira bientôt, et je puis toujours promettre à celui qui en aura goûté un sommeil paisible et des rêves sans fin.

Il prononça ces mots d'une voix sourde et accentuée. Philippe était trop absorbé dans ses pensées pour avoir écouté la réponse. Un profond silence s'établit entre les deux cavaliers.

Ils voyagèrent ainsi toute une nuit et tout un jour.

Comme ils arrivaient aux portes de Tolède, le second jour depuis leur départ commençait à poindre. L'archiduc monta dans un équipage et Ben-Zagal escorta la voiture. Ils entrèrent quelques instants après sur la place Mayor, vaste enceinte qui règne devant l'Alcazar. Le soleil l'inondait déjà de sa lumière, et on y voyait des échafaudages qui commençaient à s'élever, des constructions en bois, des estrades et des gradins qui dessinaient déjà leur large cintre ; c'étaient les préparatifs de l'*auto-da-fé* qui devait avoir lieu à trois jours de là. Une cavalcade de moines dominicains portant en tête la bannière de l'inquisition, l'étendard de damas rouge qui avait d'un côté les armes d'Espagne, et de l'autre une épée entourée d'une couronne de lauriers, parcouraient la place chantant des psaumes et jetant de l'eau bénite sur la terre pour sanctifier le lieu où une œuvre si pieuse allait être pratiquée (1).

Philippe, à la vue de cet affreux appareil qui lui rappelait le sort destiné à Oléma, jura d'accomplir la résolution qu'il avait prise pour la sauver. La barbarie exercée envers cette innocente créature avait jeté dans son âme des sentiments de générosité, de dévouement, qui changeaient l'attrait sensuel qu'il avait éprouvé pour elle en un véritable amour.

Ben-Zagal, en arrivant sur cette place, sauta à bas de son cheval et contempla les préparatifs qui s'y faisaient, les bras croisés sur sa poitrine. La cavalcade des moines s'éloigna, la foule la suivit. Quelques personnes qui restaient encore et s'entretenaient de la somptuosité de l'*auto-da-fé* qui aurait lieu dans trois jours, dirent que ce qui allait surtout parer celui-ci,

était le supplice d'une jeune fille de Grenade, fort renommée pour sa beauté et pour ses talents, qui faisait l'ornement de la cour d'Isabelle... Ben-Zagal n'avait pas cru le danger si près. En entendant ces paroles, il tomba sans mouvement sur la terre.

Les femmes qui étaient là regardèrent le Maure quelques instants ; mais le soleil était devenu brûlant, elles s'éloignèrent et laissèrent la place déserte. Coraïm attacha sur son maître un regard plein de tendresse et de douleur ; il se mit entre les rayons du soleil et lui pour lui faire de l'ombre avec son corps. Quelques instants après, Ben-Zagal sortit de sa léthargie aux plaintifs hennissements que l'animal faisait entendre ; la vie, un instant suspendue, s'éveilla avec plus de force. Elle se fit d'abord sentir par la colère bouillonnant dans le sein de l'Arabe.

Trois jours devaient encore s'écouler! il avait encore trois jours! C'était le temps d'incendier la ville, d'appeler à lui ses soldats les plus braves, de renverser le palais du saint-office, de massacrer les inquisiteurs jusqu'au dernier, ou, s'il était vaincu, de se livrer lui-même à l'inquisition et de mourir avec Oléma. Il avait trois jours!... Le temps, qui est un roseau dans les mains de l'être faible, est un poignard, est un levrier, est une armée entière dans les mains de l'homme puissant.

Cependant l'Africain, accoutumé aux combats des tigres et des lions, aux victoires de la force musculaire, sentait avec désespoir que là toute sa force serait peut-être insuffisante ; qu'il lui fallait mettre sa plus grande espérance en l'archiduc Philippe, qui avait la volonté et sans doute le pouvoir de sauver la femme qu'il aimait. Il se résigna à retourner encore quelques heures au palais pour y apprendre les desseins du prince, et marcha avec courage vers l'Alcazar, tenant son regard fixe sur les fenêtres de l'appartement que Philippe habitait.

XIII.

Un grand événement occupait la ville et remplissait le palais de trouble et de stupeur. La reine Isabelle était mourante. Depuis cette fatale soirée où l'état de démence de Jeanne lui avait été révélé, où cet affreux mystère s'était dévoilé à elle d'une manière si soudaine et si terrible, elle n'avait plus quitté son lit de douleur. De nouvelles dispositions avaient été faites par elle pour laisser la régence du royaume à Ferdinand jusqu'à la majorité de l'infant don Carlos, et ce jour-là elle allait recevoir les grands de l'État pour leur faire part de ses dernières volontés et prendre les habits de Saint-François dans lesquels les rois de ce temps-là devaient mourir.

Une nombreuse assistance était réunie dans la salle d'entrée des appartements d'Isabelle, et on n'attendait plus que l'arrivée du prince Philippe pour pénétrer dans la chambre mortuaire et assister à la triste solennité.

Il y avait là une foule d'élite tranchée en divers compartiments par les couleurs des corps différents qui la composaient. C'était l'écarlate rehaussée d'hermine des cardinaux, les broderies d'argent qui couvraient le velours noir sur le pourpoint des ministres, les hautes aigrettes, les manteaux, les armoiries des grands d'Espagne, les colliers, les armes d'honneur des généraux, et enfin les longues robes brunes des moines, dont l'humilité eût contrasté avec la richesse des autres costumes, si le front de ceux qui les portaient n'eût brillé de ce rayon d'orgueil et de toute puissance qui reluit

_____

(1) Le corps des charbonniers faisait partie de la procession ; ils étaient vénérés parce qu'ils fournissaient le bois à brûler les hérétiques.

mieux que dorure et pierreries. Les uniformes de cette assemblée, malgré leur somptuosité, avaient quelque chose de grave et de sombre, en harmonie avec la tristesse de ce jour. Les seigneurs flamands seuls portaient des pourpoints de soie blanche, des fraises de dentelle, de longs panaches et toute une toilette qui ressemblait trop à la légère élégance d'une fête. Leur groupe se trouvait près de celui des hidalgos, des Espagnols de pure race qui, sous les lois de Ferdinand, avaient conservé le costume le plus austère.

En ce moment on ouvrit les deux battants de la porte, et l'archiduc parut au milieu des officiers de sa maison. Son front pâle portait en effet une empreinte de gravité et de recueillement qui ne lui était pas habituelle, mais sans aucune expression de colère ni d'envie. Il montrait le calme de ce moment où l'âme vient de changer des ambitions orageuses pour de plus douces espérances et reprend sa dignité dans une ferme résignation.

Des serviteurs, placés à l'entrée de la salle, recevaient les épées de chacun des seigneurs qui arrivaient, les suspendaient à la muraille et tendaient à la place un livre d'heures, dans lequel les assistants devaient suivre les prières prononcées auprès du lit de la reine. Ben-Zagal s'était mêlé à ces gens du palais pour approcher plus tôt de Philippe.

Au moment où il recevait l'épée de l'archiduc, il lui dit à voix basse :

— Prince Philippe, au nom du service que je t'ai rendu en t'amenant ici, il faut que je te parle.

— C'est aussi en souvenir de ce moment, où j'ai lu sur ton visage toute ton intrépidité, que je veux te parler ; suis-moi dans l'embrasure de cette croisée.

Dès qu'ils furent là tous deux, Philippe dit d'une voix émue et précipitée :

— Ben-Zagal, tu ne crains rien au monde, toi ?

— Rien.

— Pas même les inquisiteurs ?

— Si ce poignard pouvait percer leurs murailles aussi facilement que leur poitrine, je serais ce soir dans leur tribunal.

— Tu vas y pénétrer avec cet ordre de moi. Montre ce papier aux gardes du palais, ils te laisseront descendre dans la prison où ils ont enfermé une jeune fille de ta nation, la malheureuse Oléma. Arrivé près d'elle, tu lui diras que tu viens de ma part, tu lui remettras cette lettre... Va, je te confie ce message, comme au seul homme de Tolède assez courageux pour passer le seuil d'un cachot de l'inquisition.

L'archiduc s'éloigna, et au même instant il entra à la tête du cortége dans l'appartement royal qui venait de s'ouvrir.

XIV.

Lorsque Ben-Zagal entra dans le tribunal de l'inquisition, les moines dominicains chantaient l'office du soir, agenouillés sur un pavé de marbre sous lequel s'étendait cette immense couche d'étroits et sombres cachots qui servaient de base à leur palais ; ils chantaient d'une voix sonore les louanges de Dieu ; et le vent, à travers les soupiraux, portait jusqu'aux victimes qui mouraient dans les supplices les notes de ces chants glorieux et sereins.

Les prières terminées, le Maure présenta aux inquisiteurs la lettre du prince Philippe. Il lui fut permis de descendre une demi-heure dans la prison de la jeune infidèle. Un familier prit une lampe et le conduisit à travers de longs corridors et un escalier profond à une porte écrasée par une épaisse voûte ; il leva la barre de fer qui retenait les ais noircis ; la porte grinça sur ses gonds, et Ben-Zagal entra dans le cachot.

Ce cachot avait six pieds de long sur cinq de large : la place qu'on accorde aux morts pour leur sépulture. Oléma était assise sur un tas de paille qu'elle était parvenue à exhausser jusqu'à une ouverture de la muraille d'où venait un peu de pâle lumière. Elle portait le *san-benito*, vêtement des prisonniers ; c'était une robe de laine noire, arrondie autour de son cou et serrée à sa taille par une chaîne qui allait se sceller à la muraille ; de larges manches, ouvertes du bas, laissaient voir ses bras et ses mains délicates, serrées au poignet d'un anneau de fer, accompagné de chaînes ; ses jambes nues étaient croisées et pendantes sur la paille ; ses mains jouaient machinalement avec les boucles de ses longs cheveux, tombant jusque sur ses genoux, tandis que ses yeux, fixés sur l'étroite lucarne, aspiraient avidement le peu de clarté qui tombait jusqu'à elle.

La fille du soleil, la fleur de Grenade, qui avait eu à son lever le ciel le plus resplendissant du monde, cherchait à travers les murs de sa prison quelque rayon égaré de lumière pour savoir si le jour existait encore. La faible lueur de ce soupirail était son soleil, sa vie, son ciel tout entier.

Ben-Zagal était agenouillé devant elle.

Elle jeta un cri de joie en le voyant, et voulut s'élancer dans ses bras ; mais, retenue violemment par ses chaînes, elle retomba sur sa couche de paille.

— Oh ! dit son frère en la serrant dans ses bras, tu savais bien, n'est-ce pas ? tu savais bien que je viendrais te délivrer ou mourir avec toi ?

— Non, dit-elle, tu ne peux pas me délivrer, et tu ne dois pas mourir ; mais je remercie le ciel qu'il me soit permis de te dire un dernier adieu. Cet adieu qui unira nos âmes pour l'éternité, suffit à l'amour : le reste de ton existence doit être consacré à tes devoirs, à la sainte cause qui te réclame.

— Hélas ! tu l'as dit, Oléma ; je ne peux rien pour te sauver ; ces mains qui ont étouffé tant de bêtes féroces ne peuvent atteindre la loi qui te condamne ; je me sens enchaîné par une désolante faiblesse ; le pouvoir est une armure contre laquelle il faut une armure semblable ; je reconnais avec rage que Philippe est plus grand que moi, car il peut te soustraire à tes bourreaux.

— Philippe, répéta-t-elle tout bas d'une voix émue.

Et le frémissement de tout son corps fit légèrement bruire ses chaînes.

— C'est lui qui m'a fait pénétrer dans cette prison, c'est lui qui t'envoie cette lettre, où sont sans doute des espérances de salut.

Oléma pâlit et prit le papier en tremblant. Le cachot était trop noir pour qu'elle pût en lire les caractères ; elle monta sur la butte de paille qu'elle s'était faite pour arriver au soupirail, et là, collant sa tête contre l'étroite ouverture, elle lut tout haut les lignes tracées par Philippe.

Et ces paroles tombèrent lentement sur le front de Ben-Zagal, assis à ses pieds.

« Le ciel m'a délivré des devoirs de la royauté pour que je puisse te sauver, Oléma. Isabelle meurt en laissant la régence à Ferdinand. Je suis libre de répudier la princesse de Castille, que le diadème royal ne défend plus ; je puis t'arracher des mains de l'inquisition en déclarant que je te prends pour épouse : ce tribunal espagnol perd ses droits sur l'archiduchesse d'Autriche,

Demain, j'irai t'enlever de ses cachots, et tu viendras dans mon palais attendre le moment d'y régner en souveraine. « PHILIPPE. »

Le Maure, à demi couché sur la terre, frissonna d'étonnement et de douleur ; de larges gouttes de sueur vinrent à son front... Il voyait la délivrance d'Oléma, et cette délivrance était un malheur plus grand que sa mort. Il regardait la jeune fille d'un œil fixe et embrasé ; il retenait son haleine, il attendait, les bras tremblants et tendus vers elle, ce qu'elle allait répondre à cette offre de salut ; son âme était suspendue aux lèvres d'Oléma.

Elle, elle était tout entière à une contemplation invisible. Sa tête se relevait dans le mouvement d'une heureuse extase ; ses lèvres murmuraient tout bas quelques paroles qui semblaient une ardente action de grâces.

Cette lettre était comme un souffle du dehors qui apportait au fond de ce cachot tous les mouvements du monde : la haine, la colère, la jalousie, la liberté, la grandeur, la puissance, l'amour... tout s'agitait, palpitait sous son passage.

Ben-Zagal laissa échapper un sourd gémissement.

Oléma, tournant ses regards vers la terre, mit une main sur son cœur, étendit l'autre vers le malheureux, et lui dit :

— Sois tranquille, Ben-Zagal, je n'accepterai pas la fortune, la grandeur, les joies de la vie tant que mes frères gémiront dans l'exil, je serai fidèle à toi, à mon pays jusqu'à la mort.

— Oléma ! s'écria-t-il en enfermant dans ce nom tout l'amour qui brûlait son sein.

— Entends-tu ? jusqu'à la mort ; et ce mot pour moi ce n'est pas une parole vaine, et ce n'est pas une vague époque qui se perd dans la nuit des années ; c'est un événement de demain, c'est un jugement qui se prononce à cette heure même, c'est un bûcher qui s'allume en ce moment.

— O tempêtes du désert, mes jeux d'enfance, disait-il, que vous étiez faibles auprès de celles que je devais un jour trouver dans mon sein !

— Être puissante, heureuse ! dit Oléma, en répétant ses dernières paroles ; j'ai voulu l'être autrefois ; mais avec mon pays délivré et vengé, avec mon peuple ramené dans sa douce patrie... O mes rêves divins, qu'êtes-vous devenus ?

— Il faut y renoncer, dit le Maure avec un sombre accent ; Isabelle meurt, Ferdinand va régner... demain peut-être ! Et il a déjà commandé des troupes formidables pour les envoyer contre les restes épars de notre malheureuse nation.

— Non, tant qu'Isabelle respire, Ferdinand n'est pas sûr de régner après elle ; tant qu'Isabelle respire, l'amour de sa fille vit dans son cœur ; tant qu'elle peut encore prononcer un mot, faire un signe, elle est toujours prête à rendre la couronne à Jeanne de Castille, à Philippe.

Ben-Zagal fut frappé d'une pensée soudaine ; il releva tout à coup la tête ; un cri de joie s'exhala de sa poitrine. L'inspiration était empreinte sur ses traits et jetait un éclat indicible.

— Oui, dit-il en portant la main à son front, le prophète m'éclaire.

Il se redressa de la terre sur laquelle il était couché comme par un mouvement électrique.

— Donne-moi la lettre de Philippe, dit-il à Oléma.

Elle pressa cette lettre entre ses mains, mais il s'en empara vivement.

Au même moment, on entendit des pas sur l'escalier,

et deux moines vinrent dire à Ben-Zagal que le temps accordé à son entrevue avec la prisonnière était expiré.

XV.

Le lendemain, Oléma vit apparaître dans son cachot une grande clarté, causée par des cierges de cire jaune que portaient plusieurs familiers de l'inquisition, et, au milieu de ce cercle de lumière trouble et blafarde, les longues robes noires de deux dominicains. Ils dirent à la prisonnière en se signant trois fois que, par l'ordre de la *suprême*, ils venaient la chercher pour la conduire à la *chambre du tourment*, où elle allait être mise à la question et interrogée sur les hérésies et les impiétés dont elle s'était rendue coupable.

L'épouvante de ce moment fut trop grande pour ce jeune être qui ne pouvait avoir que les forces de l'âme. Oléma mit les mains sur ses yeux et tomba sans connaissance sur ses nattes de paille.

Un caveau souterrain assez vaste, où l'on descendait par une infinité de détours, était le lieu destiné à l'application de la torture.

Le plus grand silence régnait en cet endroit ; des bourreaux, vêtus d'un long suaire de treillis noir, et la tête couverte d'un capuchon de même étoffe, percé aux endroits des yeux, du nez et de la bouche, attendaient les bras croisés au milieu des nombreux instruments de supplice ; deux conseillers de la *suprême*, qui devaient toujours assister aux exécutions, étaient assis de chaque côté du chevalet destiné au patient, ayant derrière eux leurs *gardes du corps* (1). Au milieu de la rouge réverbération jetée par les fourneaux qui s'allumaient, on voyait une forme blanche étendue sur la terre : c'était la condamnée, à demi dépouillée de ses vêtements, qu'on avait apportée dans la chambre du tourment.

Oléma fit un léger mouvement, on lui présenta des sels pour achever de la ranimer ; elle ouvrit les yeux. On la jugea assez forte pour supporter la question, et les inquisiteurs ordonnèrent qu'elle commençât. Cependant, elle était aussi blanche que si tout le sang se fût retiré de ses veines ; son corps plié en deux se laissait pendre sur le bras du bourreau qui la soulevait. On la plaça sur le chevalet après y avoir jeté de l'eau bénite. Les tourmentateurs emboîtèrent sa jambe nue entre deux planches ferrées et liées étroitement, dans l'intervalle desquelles on allait enfoncer à petits coups un coin d'argent, qui, ainsi retenu, pénétrait jusqu'aux os, après quoi on serrerait avec un écrou les deux planches qui broyaient la chair jusqu'à en faire une boue sanglante.

On donna ordre aux bourreaux de frapper lentement pour que la torture durât plus longtemps, et l'un d'eux levait déjà son marteau... mais soudain la porte s'ouvrit violemment avec un bruit qui retentit dans le caveau, et l'archiduc Philippe entra.

Il était pâle, ses yeux lançaient des éclairs, et tout son corps tremblait de colère ; il courut à la victime, coupa avec son épée les courroies qui la retenaient, délia lui-même l'affreux appareil qu'on avait mis à son pied, avec une tendresse toute paternelle et frémissante d'indignation. Oléma, qui jusque-là demi-évanouie, demi-morte, avait à peine eu connaissance de ce qui se passait autour d'elle, vit soudain le brouillard qui couvrait ses yeux se dissiper et reconnut Philippe. Elle resta debout près de lui, appuyée sur son sein, et le prince entourait sa taille de son bras. Il dit aux inquisiteurs :

(1) On appela ainsi les nobles attachés volontairement aux inquisiteurs.

— Les tigres et les panthères, quand ils sont bien repus de sang, s'endorment dans leur antre; vous, mes révérends pères, après avoir dévoré six mille victimes depuis les quatre années de votre ministère, vous pouvez bien, s'il vous plaît, vous reposer un instant et me céder cette proie.

Et il fit un mouvement pour emporter Oléma.

Un dominicain, se plaçant sur son passage, dit que nulle condamnée ne devait franchir le seuil de cette porte sans un ordre du grand inquisiteur.

— Il n'y a de grand ici que les bûchers sur lesquels vous entassez vos victimes.

— Nous savons trop toute la haine que porte Votre Altesse aux salutaires exemples donnés par le saint-office.

— Vous vous trompez, mes pères, je n'aurais point d'horreur pour vos supplices, et je ne les trouverais jamais trop cruels si je les voyais appliqués à ceux qui les ont inventés.

Et il voulut s'éloigner; mais un inquisiteur, cachant sa colère sous le droit qu'il s'arrogeait, dit que le prince devait savoir que nulle puissance, dans le lieu où ils étaient, ne balançait la leur, et que l'hérétique livrée à l'inquisition lui appartenait vivante ou morte.

— Vous devez savoir vous-mêmes, dit Philippe, qu'un prince du sang a le droit de différer les exécutions du saint-office, et pendant ce délai provisoire, je trouverai le moyen de vous dépouiller de votre autorité sur cette jeune créature, tombée par une vengeance infâme dans ce cloaque de crimes, d'atrocités, dans ce repaire de votre inquisition, qui fera douter un jour du Dieu au nom duquel elle consomme ses forfaits, et fera exécrer son crucifix sanglant dans les siècles de l'avenir!

Les dominicains, pour toute réponse, firent signe aux bourreaux de s'emparer de la condamnée : mais les officiers que l'archiduc avait postés à l'entrée s'élancèrent dans la *chambre du tourment*, et Philippe sortit entre leurs épées nues, emportant Oléma dans ses bras.

Quelques instants après, la jeune Maure était abritée dans le palais particulier de Philippe le Bel et entourée de toutes les douceurs que peuvent réunir la puissance et l'amour. Elle se trouvait dans son atmosphère natale d'élégantes et poétiques splendeurs. Les ténèbres du cachot, les horribles lueurs de la chambre ardente avaient déjà disparu comme un orage passé de l'horizon. On avait conduit la jeune fille dans la plus délicieuse retraite du séjour royal, et le prince, penché vers elle, versait lui-même dans une coupe d'or les gouttes du vin aromatisé qu'il présentait à ses lèvres pâlies.

Tout se ranimait en elle. La liberté, l'air pur, pénétraient dans son sein et s'épanouissaient sur ses traits en vives couleurs, en éclat souriant.

XVI.

Le jour suivant, don Philippe était assis près de la jeune Maure, sur un lit de repos; ses traits n'exprimaient plus cet amour tout de désirs et d'espérances hardies que le prince témoignait naguère à la belle esclave; il y avait là maintenant la gravité d'un sentiment élevé, puissant, et qui va avoir une grande influence sur le reste de la vie. Elle, la noble fille de Grenade, aussitôt que l'affreux rêve du cachot s'était évanoui, était retombée dans l'objet de sa constante absorption, la délivrance de son pays. A demi couchée sur les coussins, elle jouait rêveusement avec un bracelet orné du croissant qu'elle avait détaché de son bras.

— Écoute-moi, Oléma, lui dit Philippe d'un accent ferme et doux : j'ai à t'ouvrir mon âme en ce moment.

Tu m'as cru fier et ambitieux à l'excès, et tu as eu raison; je me suis toujours senti l'enfant des Césars; j'ai chéri, par-dessus tout, le pouvoir suprême, et même, dans les plaisirs fastueux dont je m'entourais, j'aimais surtout à voir que je commandais à toute chose et que tout arrivait à ma voix. J'ai été puni de cet orgueil natif, une couronne pour l'ambition de laquelle j'avais quitté ma patrie, et que je semblais déjà toucher de la main, m'échappe pour jamais.

— Ne désespérez pas, seigneur; rien n'est consommé.

— Isabelle a légué le pouvoir à Ferdinand, à mon plus mortel ennemi. Mais puisqu'on a rompu les liens favorables pour moi, qui m'attachaient à l'Espagne, je veux briser les liens qui m'accablent, je veux demander au saint siège la dissolution d'un mariage dans lequel je n'ai trouvé que dégoûts et douleurs; et l'état d'aliénation de la princesse de Castille me donne le droit de l'obtenir.

— Prince, vous allez soulever la réprobation de l'Europe entière contre vous.

— Je l'accepterai pour te sauver, Oléma. Par une pensée de vengeance atroce, tu as été livrée au tribunal de l'inquisition; rien ne peut plus t'en arracher maintenant; partout où tu fuirais, il viendrait t'atteindre; mais ces foudres qui tonnent, éclatent sur toute l'Espagne, s'éteignent devant une puissance étrangère : tu deviendras archiduchesse d'Autriche pour t'y soustraire. Oui, j'épouserai une esclave maure, je braverai les murmures du monde, ceux de mon père, mais tu seras sauvée et je serai heureux.

— Seigneur, dit-elle avec un mélancolique sourire, vous ne connaissez pas celle à qui vous faites un si grand sacrifice. Vous n'avez vu en moi que les charmes de la grâce et de l'harmonie, les attributs d'un oiseau qui chante et qui voltige; vous ignorez quelle âme est sous cette enveloppe éphémère.

— J'ai vu la noblesse et la pureté qui te mettent au premier rang des femmes, puisque je veux faire de toi la compagne de ma vie.

Philippe s'approcha de la fenêtre et l'ouvrit précipitamment.

— Ecoute, dit-il, ces cloches qui s'ébranlent de toutes parts, vois ce cortége religieux qui monte le parvis du palais, vois ce prélat placé sous un dais et qui tient le saint ciboire à la main. C'est le clergé qui va porter l'extrême-onction à Isabelle, c'est le prêtre qui va donner à la reine d'Espagne l'empire de la vie éternelle.

— Dieu! s'écria Oléma à demi-voix en regardant le cortége, Ben-Zagal mêlé à cette foule? Qu'y va-t-il faire?.. Va-t-il pénétrer dans la chambre mortuaire? Non, il s'arrête sous le péristyle... il s'appuie contre un pilier... il attend, les bras croisés sur sa poitrine...

Philippe, sans entendre ce qu'elle murmurait ainsi, revint à Oléma, et lui dit en l'attirant sur son cœur :

— Tu le vois, tout est fini. Ferdinand saisit l'empire; il me reste, à moi, le bonheur; viens me le donner; sois à moi, Oléma.

— Non, dit-elle en se dégageant de ses bras, non; en épousant un prince chrétien, un vainqueur des Maures, j'abandonne ma nation, j'insulte à son malheur. Qui? moi! ajouta-t-elle avec une piété ardente, je goûterais les délices de cette terre si belle, quand chaque touffe de ses roses recouvre les ossements de mes frères! Oh ! j'ai pu vivre en esclave sur ce sol où les miens ont été massacrés; hélas! mes danses et mes chants, commandés par des maîtres, étaient plus tristes que les gémissements de leurs ombres! Mais j'irais me reposer mollement dans les lambris de ce palais, tandis que les tristes restes d'un grand peuple anéanti errent dans les déserts d'Afrique, ou n'ont que les cyprès des Alpuxarras pour abriter leur tête! j'assisterais à vos festins, tandis qu'ils n'ont souvent que l'eau des citernes et les racines des montagnes pour se nourrir!.. Dieu puissant, s'il en est jamais ainsi, que les voûtes de ce palais m'étouffent, et que ses festins me soient empoisonnés.

— Oléma! il n'est que ce moyen de te sauver.

— J'aime mieux le bûcher de l'inquisition.

Elle était radieuse d'un courage divin.

Philippe s'écria avec un emportement passionné:

— Je sacrifie bien tout à l'amour, moi; ne peux-tu faire quelque chose pour lui? ne peux-tu dépouiller ce farouche orgueil des vaincus?

Le regard d'Oléma venait de rencontrer celui de Philippe, elle pâlit et s'appuya contre le divan sur lequel il était assis.

— Oléma, dit le prince avec force, tu as un secret terrible que tu me caches.

Elle dit en regardant toujours le ciel:

— Je rêve la délivrance de ma patrie.

— Folie!

— Espérance!

En ce moment on vint chercher l'archiduc Philippe pour qu'il se rendît à la cérémonie funèbre des derniers sacrements donnés à Isabelle.

XVII.

Isabelle, à l'heure de la mort, était revêtue de l'habit des sœurs de Saint-François: un usage antique voulait que les rois d'Espagne mourussent sous la robe monacale, sans doute pour faire amende honorable de l'orgueil de toute leur vie, et pour reconnaître qu'ils étaient égaux aux plus petits d'entre les hommes, avant de trouver cette loi dans le tombeau. Les cierges de la cérémonie funèbre étaient éteints; le clergé et les grands de la cour qui avaient assisté à l'administration des sacrements s'étaient retirés. Il ne restait plus dans la chambre mortuaire qu'une lampe auprès du lit, deux prêtres en prières et quelques femmes d'Isabelle qui priaient aussi à son chevet. La reine était plongée dans un accablement profond et semblait avoir perdu connaissance.

On entendit sur l'escalier des pas rapides, la porte s'ouvrit, et Jeanne de Castille entra. Elle était vêtue de noir, les cheveux en désordre, et tenait encore entre ses mains une branche de lis flétrie.

Livrée à un accès de démence qui s'était prolongé jusqu'à ce moment, elle avait été retenue par ses gens dans le château de la Sierra. Le matin de ce jour seulement, elle avait recouvré sa lucidité d'esprit et s'était fait ramener en toute hâte à Tolède. Arrivée à l'Alcazar, elle venait d'apprendre que la reine n'avait plus que quelques instants à vivre. A cette nouvelle douleur, la fièvre, à peine éteinte dans ses veines s'était subitement rallumée. Elle avait voulu revoir encore sa mère, lui demander pardon, pleurer à ses genoux et recevoir d'elle des paroles de miséricorde et un tendre adieu... Mais, humiliée de la faiblesse de son esprit, tremblant de voir fuir encore sa raison vacillante, ne voulant de pitié que celle de sa mère, en entrant sur le seuil de la porte, elle ordonna impérieusement aux femmes et aux prêtres demeurés auprès de la couche funèbre de la laisser seule avec la reine.

L'état funeste de la princesse n'était pas encore connu au palais, on obéit à ses ordres.

Une ombre grise, régnant dans cette enceinte, voilait à demi toutes les pompes de la chambre royale, les écussons aux armes d'Espagne, les armures, les dais, les couronnes, les dorures des lambris. A voir ces insignes de la souveraineté, déjà à demi enfoncés dans les ténèbres, on eût dit que les grandeurs de la reine de Castille descendaient dans la tombe avec elle; Isabelle était plongée dans le néant précurseur de la mort, sa fille dans le néant de la démence. La reine d'Espagne allait mourir seule, abandonnée; la princesse du sang serait présente à ce moment solennel, et ne le verrait pas. Il y avait là une fille aimante et adorée à deux pas d'une mère mourante, et ni soupirs, ni prières, ni tendres adieux ne se faisaient entendre, pas une larme ne coulait; il ne régnait dans cette solitude que la mort et la folie.

Un homme entra.

Le bruit qu'il fit était trop faible pour tirer Isabelle de sa léthargie: mais à son approche, un avertissement plus subtil que ceux qui arrivent par les sens la fit tressaillir. Elle se ranima de quelque souffle de vie, s'assit sur son séant, et vit un homme, un Musulman au pied de son lit. Il soulevait le rideau de serge et la regardait; sa figure basanée jetait des reflets sinistres; son regard pénétrait dans le sein d'Isabelle comme un fer acéré.

Elle promena ses regards autour d'elle et sur elle....

L'habit religieux qu'elle portait lui rappela qu'elle était à l'heure de l'agonie; l'obscurité était à peine percée par la lampe qui brûlait à son chevet; toute sa cour avait disparu, et elle se trouvait en face d'une vision étrange, d'un Maure, d'un ennemi.

Elle frissonna et agita ses bras autour d'elle avec des mouvements éplorés.

— Isabelle! reine de Castille, dit le Maure, toi qui as renversé l'empire musulman, tu vois en moi l'image d'une nation anéantie qui vient, à ton heure dernière, te reprocher sa ruine.

— Qu'entends-je! dit Isabelle en passant sa main débile sur son front couvert de sueur froide.. Où sont mes enfants, mes ministres, mes femmes?... Pourquoi suis-je abandonnée des miens? et pourquoi cet homme est-il là?

— Pour que tu voies une fois la face sombre de ta vie, afin de la connaître tout entière avant de mourir.

— Dieu puissant! ayez pitié de moi! dit-elle en se pressant de toute sa force contre le grand Christ de fer qui était au fond de son lit.

En ce moment, on entendit un chant doux et limpide partir d'un angle obscur de la chambre.

Isabelle regarda de ce côté, et vit une forme noire affaissée sur des coussins. C'était Jeanne qui demeurait là, paisible dans l'ombre. La pauvre insensée chantait; elle chantait d'une voix pure et sereine le refrain des campagnes, qu'elle avait tout récemment entendu en allant à la recherche de Philippe:

> Le vallon m'a donné troupeau, cabane blanche,
> Bois de rose à l'entour, rossignol sur la branche.

— Jeanne! ma fille! mon enfant chérie est ici, murmura Isabelle, pourquoi ne vient-elle pas dans mes bras?... Que dit-elle?

— Tu ne sais donc plus que ta fille est privée de la raison, et privée pour jamais, répondit Ben-Zagal; qu'elle restera perdue dans le monde sans la pitié d'aucun être, puisque tu vas lui être retirée; qu'elle sera un objet de dédain pour son époux, pour son fils, pour son peuple et pour la postérité, qui l'appellera *Jeanne la Folle*.

La voix continuait :

> E: celui qui regardera
> Dans la fontaine où je me mire,
> Y verra le sourire,
> Le bonheur y verra.

Puis elle se mit à parler à la branche de lis qu'elle avait placée sur le prie-Dieu au pied duquel elle était assise.

— Je te salue, mon doux ami, disait-elle; tu voulais partir, me quitter pour toujours, mais je t'ai ramené ici... Pourquoi es-tu si triste, pourquoi penches-tu ta tête décolorée?... tu vois bien que je t'aime, et quand on est aimé on est heureux.

— O ma fille! ma fille! disait Isabelle avec déchirement; viens près de moi... Infortunée! elle ne m'entend pas...

— Infortunée, dis-tu, et tu l'as déshéritée du trône, et Philippe va la répudier, et peut-être l'enfermer dans un cloître.

— Que dis-tu, misérable! s'écria Isabelle, en se dressant sur son lit avec une force surnaturelle.

— Oui, Philippe va répudier ta fille, et pour épouser une esclave maure, afin que tu sois frappée parce que tu as frappé sans pitié.

— Cela ne peut pas être; sang du Christ, cela n'est pas!

— Tu lui as ôté le diadème qui la défendrait de cet affront.

— Maintenant c'est le ciel et l'honneur qui l'en défendront.

Ben-Zagal prit la lampe qui était au chevet du lit et la plaça avec la lettre que Philippe avait adressée à Oléma sous les yeux de la reine.

— Lis ce papier, dit-il.

La malheureuse reine lut les lignes qu'avait tracées le prince dans le délire de sa passion.

— Oh! ma famille est perdue! ma race est maudite! s'écria la reine de Castille en levant vers le ciel ses mains que la mort glaçait déjà.

Et pendant ce temps Jeanne murmurait encore :

— Pourquoi souffres-tu, beau prince, beau lis? Je te donne mes larmes pour te ranimer.

Elle mouillait ses doigts aux pleurs qui coulaient de ses yeux, et les approchait du calice de la fleur.

— Je te donne mes larmes, je voudrais te donner mon sang, je voudrais faire passer ma vie en toi; mais ne m'abandonne plus, ne m'exile plus loin de toi, car cela me fait trop souffrir.

— Infortunée! s'écria Isabelle.

— Eh bien! que veux-tu faire? lui demanda le Maure.

— O Ximenès! ô Torquemada! ô mes conseillers! ô mes pairs! où êtes-vous?

— Ils ne viendront pas, ils t'ont abandonnée; ils sont auprès de Ferdinand : est-ce qu'une reine mourante a encore des ministres?

Un cri de désespoir sortit du sein d'Isabelle.

— Dieu puissant, inspirez-moi! dit-elle, ô ma fille, mon enfant!

— Il est encore temps de la sauver, dit Ben-Zagal d'une voix puissante. Écris deux lignes sur ce parchemin, donne le trône à Jeanne, ton héritière légitime; alors, reine d'Espagne, Philippe ne pourra la répudier. Elle montera sur le trône avec lui, elle sera fière, heureuse, sa raison renaîtra.

Isabelle pria quelques minutes avec une ferveur passionnée. La mort, qui était si près de la saisir, parut reculer un instant. Sa figure resplendit encore une fois

de toute sa beauté, de tout ce rayonnement de charmes indicibles qu'une grande âme empreint sur les traits.

La vie, chez tous les êtres, se ranime un instant avant de s'éteindre pour toujours : ce dernier éclair de l'existence devait être plus brillant chez cette noble femme, chez cette puissante souveraine. Tant qu'un souffle l'animait, elle devait être héroïque et tendre, celle qui avait si bien su régner et aimer.

Avec une force d'esprit digne de ses plus beaux jours, elle traça un testament dans lequel elle léguait la souveraineté de toutes les Espagnes à Jeanne et à son époux. Elle tenait dans une de ses mains la lettre de Philippe, froissée par une sainte colère, et de l'autre elle tendit à Ben-Zagal l'acte qu'elle venait de signer.

— Porte cela à ton maître, dit-elle.

Il saisit le parchemin, l'éleva à la hauteur de son front par un geste de triomphe. Ses yeux flamboyants, ses narines gonflées, sa bouche entr'ouverte d'extase, tout sur son visage montrait une joie vengeresse.

Jeanne souriait et regardait toujours son lis chéri.

— Oh! tu as toujours ton doux parfum, disait-elle; ce parfum que le monde appelle l'amour, et que moi j'appelle la vie.

Isabelle tourna la tête vers elle en disant avec une tendresse ineffable :

— Pauvre enfant, tu conserveras ton époux.

Puis ramenant ses yeux sur le Maure, elle vit sa figure étinceler de triomphe. Elle frissonna.

Tout à coup une lueur rouge se répandit de la place voisine dans la chambre mortuaire et vint éclairer vivement cette scène.

C'était l'auto-da-fé qui se terminait; c'était le bûcher allumé par la main des prêtres, le bûcher dévorant juifs, chrétiens et maures qui flambait.

Toute la fureur de Ben-Zagal se ralluma à la vue de cette flamme où expiraient un grand nombre de ses frères. Il regarda Isabelle avec rage : cette reine conquérante et catholique lui apparut à travers le voile de sa haine.

— Oui, Jeanne conservera son époux, dit-il; mais ne crois pas pour cela mourir en paix.

Isabelle était retombée sur son lit, ses membres se glaçaient, sa poitrine remplie n'avait plus qu'un souffle haletant. Elle sentait la mort revenir à grands pas.

— Le règne de Philippe ne sera pas long, continua Ben-Zagal, enfonçant et retournant le poignard de la douleur dans son sein. Philippe ne saisira le pouvoir que pour se livrer à l'indolence, aux voluptés du palais. Et les Maures marchent sur la Castille.

— Tu mens, dit la reine d'une voix mourante.

— Les Maures sont dans la forêt d'Alcaron, à trente milles de Tolède, et ils seront bientôt dans ses murs.

Les yeux d'Isabelle s'ouvraient de terreur et se refermaient sous la main de la mort, sa poitrine exhalait de sourds gémissements.

Jeanne, les coudes sur ses genoux et la tête à demi penchée dans ses mains, jouait avec ses cheveux et regardait ce tableau avec une froide indifférence.

Ben-Zagal disait à Isabelle :

— Rouvre les yeux encore une fois, car le bûcher de l'inquisition, dernier rayon qui t'éclaire, te montre, à ton dernier moment, un Maure à tes côtés et ta fille folle. Regarde cette couronne tombée au pied de ton lit, regarde cet auto-da-fé derrière ta fenêtre, regarde ton trône renversé, ta mémoire maudite, c'est ta récompense! regarde cette pauvre insensée, c'est ta postérité!

— Pitié! pitié! mon Dieu, disait Isabelle dans de longs soupirs.

Ben-Zagal était agenouillé devant elle.

Ben-Zagal arrêta sur elle des yeux semblables à des globes de feu, qui dardaient toute sa haine africaine.

— Oh! pour tout le mal que tu nous a fait, tu méritais de mourir ainsi, de mourir des coups d'un Maure, non sous un poignard, c'eût été fait trop vite, mais sous son regard, qui te dévorera jusqu'à ton dernier souffle.

— Grâce, dit-elle encore.

— Non, plus de grâce, plus d'avenir, plus de lendemain, plus une heure pour toi; tu portes la robe mortuaire et les cloches tintent pour ton agonie.

— Oh! dit-elle, voilà donc la fin du plus grand règne! Et chacun de ses accents était entrecoupé par des râles de mort. Le doute sur soi-même... la vue du sang qu'on a fait couler... L'histoire prête à vous frapper en ce monde... et peut-être la damnation dans l'autre.

Elle ouvrit encore son œil éteint, il rencontra celui du Maure.

Elle poussa un lugubre gémissement. C'était son dernier soupir.

Ce dernier soupir d'une mère, qui avait sans doute une influence mystérieuse, en arrivant à l'oreille de Jeanne, l'éveilla subitement de sa démence. Ben-Zagal n'était plus là, la chambre était déserte, froide, sombre, silencieuse. Jeanne se leva du prie-Dieu, et s'approcha du lit de la reine. La lucidité d'esprit avait reparu sur son visage.

La malheureuse fille d'Isabelle s'inclina sur le lit, fondit en larmes, appela sa mère, la pressa dans ses bras, et, la trouvant glacée, sans souffle, sans regards, tomba évanouie au pied de la couche mortuaire.

XVIII.

Le 13 septembre de l'année 1504, la ville de Tolède était revêtue de deuil, depuis les flèches de ses anciens minarets, les coupoles de ses cathédrales modernes, jusqu'aux bases de ses immenses remparts de granit. Les cloches des églises entonnaient en chœur le chant des funérailles, et le convoi de la reine de Castille traversait lentement les rues, allant du palais à l'église primatiale, où le corps d'Isabelle devait être exposé quelque temps avant sa translation à Grenade, dans la sépulture des rois. Le char funèbre élevait dans les airs son dais aux tentures noires, où resplendissaient, en argent et en pierreries, les insignes de la mort triomphante; sous ses sombres pavois s'étendait le cercueil couronné. Les huit chevaux du char étaient entièrement cachés sous leurs longues robes noires; et le cercueil royal semblait, obéissant à une loi suprême, s'avancer de lui-même vers son dernier séjour.

Le roi Ferdinand, l'archiduc Philippe, les députés des états, la sainte Hermandad, les corps religieux de tous les ordres, suivaient à pied, la tête nue et inclinée; le peuple entier venait ensuite pleurant de véritables larmes sur sa reine bien-aimée. D'un côté du char était le cheval de bataille d'Isabelle, tout armé en guerre; de l'autre, l'armure de la reine chevalière portée sur des coussins. Autour du cheval et de l'armure, des écuyers faisaient flotter des bannières où l'écusson de Castille et des pays conquis étincelait sous des lauriers d'or. Jamais tant de pompe funèbre n'avait été déployée, ja-

Hier, elle était reine de Castille.

mais on n'avait mis tant de magnificence à ce second couronnement des rois qui les récompense de leur règne au lieu de le présager.

Le cercueil de la reine de Castille fut déposé dans une tombe ouverte devant le maître-autel ; on plaça des deux côtés les armes et les drapeaux enlevés aux Maures, et au-dessus d'eux tous, l'étendard de Boabdil, dernier roi de Grenade. Vingt cariatides d'argent, portant des torches funèbres, jetaient dans la fosse cette vive lueur des funérailles qui précède la vie éternelle.

XIX.

Quelques jours furent à peine écoulés, qu'on célébra les fêtes du couronnement de Jeanne de Castille et de Philippe, archiduc d'Autriche. Un dernier testament, signé par la reine Isabelle, au moment même de sa mort, leur avait légué la royauté. Les états assemblés ratifièrent ces dispositions ; Ferdinand sembla accepter sans peine la place secondaire qui lui était laissée, et tourner toute son ambition du côté du royaume de Naples. On s'étonnait que l'Espagne, au moment où la main puissante d'Isabelle lui était retirée, pût conserver une attitude aussi digne et trouver des jours aussi sereins. La vieille nation murmurait bien encore du despotisme arrogant des chevaliers du Nord, compagnons et favoris du nouveau souverain. On avait entendu Philippe dire au comte d'Egmont et à quelques autres de ses jeunes Flamands : Eh bien ! nous trouvons-nous mieux depuis que nous sommes rois ? » Et les hidalgos s'indignaient de sentir, en effet, ces rois étrangers sur leurs têtes ; mais leurs murmures se perdaient comme toutes les paroles de la vieillesse. Au milieu de cela, il circulait quelques bruits sinistres ; on parlait d'une descente des Maures des Alpuxarras, d'une dernière révolte d'un peuple vaincu et presque oublié ; cependant ces soupçons paraissaient sans fondement, et n'allaient pas jusqu'à troubler la tranquillité des heureux, ni jusqu'à éveiller l'attention du pouvoir.

La royauté n'avait point soulagé Jeanne de Castille de ses habituelles souffrances, ou plutôt on ne savait si cette nouvelle destinée eût pu avoir une heureuse influence sur elle, car elle y avait à peine goûté ; elle tenait cependant le serment qu'elle avait fait à Philippe ; aucune parole de reproche ou de colère ne sortait plus de sa bouche, aucune de ses larmes n'osait couler devant lui. Du reste, elle vivait plus solitaire que jamais ; enfermée dans le fond du palais, moins comme une jeune et nouvelle souveraine, que comme l'ombre d'une reine qui eût depuis longtemps quitté le trône et la vie.

Dans une après-midi où des nuages orageux pesaient sur la terre embrasée, Philippe, accablé de chaleur, sommeillait sur un lit de repos. Un officier envoyé de l'un des forts qui gardaient la ville du côté du midi se présenta au palais, et demanda à être introduit à l'instant même auprès du roi. Amené devant Philippe, il lui dit qu'on venait d'être informé d'une manière certaine de la présence d'une armée d'Arabes formée dans la Sierra par la réunion de plusieurs bandes, arrivant de différents côtés, et dont on ignorait le nombre; que cette armée paraissait avancer rapidement, et que le commandant de la citadelle méridionale la plus avancée demandait au roi d'envoyer de suite un renfort aux troupes de sa garnison et à celles des forts voisins.

Philippe répondit qu'il allait assembler son conseil, et qu'on déciderait quels étaient les points qu'on pouvait dégarnir sans danger pour augmenter la force des citadelles exposées.

— Mon maître ose espérer, reprit l'officier, que Votre Altesse fera droit à sa demande aujourd'hui même.

— Ce soir, répondit Philippe.

— Demain, dit le comte d'Egmont.

— Demain, mon prince, ajouta-t-il dès que l'estafette fut partie, demain il sera temps d'appeler ici les bonnets carrés et les affaires ennuyeuses... Écoutez ce théorbe qui résonne depuis ce matin sur la plate-forme du Tage; il vous rappelle que c'est aujourd'hui la fête de la Poésie, et que vous avez promis de présider le banquet que nous offrons ce soir à ses enfants. Déjà les poëtes castillans : Ausias, March, Pierre Vidal, Léon Stello, ont reçu de vous des couronnes, des couronnes posées sur la tête des vivants, sur la tombe des morts; venez donner ce soir le plus bel encouragement où au génie, le sourire d'un grand prince.

— Pendant ce temps, d'Egmont, l'ennemi peut réellement être sur nos terres; les Arabes montent des chevaux qui sont fils du vent.

— Ils ne viendront pas jusqu'au palais boire le vin de nos coupes.

— Non, mais ils peuvent nous appeler dans la plaine.

— Nous leur dirons d'attendre... C'était bon pour les vieux soldats de profession d'obéir au premier appel de la trompette; nous, nous devons commander même à l'ennemi, combattre quand il nous plaît, et vaincre à notre heure.

Philippe, assez peu persuadé du danger, et d'ailleurs souvent insouciant des choses les plus graves, comme tous ceux qui portent en eux le vague pressentiment d'une mort prématurée, se laissa entraîner vers la vaste galerie où l'appelaient déjà une douce musique, le parfum des fleurs et les vœux de ses joyeux compagnons de plaisirs.

Comme il s'y rendait, Jeanne se trouva sur son passage. Pour la première fois depuis longtemps, il remarqua la faiblesse de sa démarche, le dépérissement de ses traits; pour la première fois, il sentit le frisson d'un remords passer dans son sein...

Jeanne portait toujours, même dans son nouvel état de reine, son ample robe de laine noire; seulement, un diadème de perles très-mince entourait ses longs cheveux. La triste simplicité de son vêtement contrastait mieux ce jour-là avec les habits de fête, resplendissants d'or et de pierreries, que portaient Philippe le Bel et ses courtisans. Non loin de cette galerie, déjà resplendissante de lumières, elle allait prendre une porte dérobée pour se rendre à l'église, où reposait le tombeau de sa mère. Cependant son front ne portait pas l'empreinte austère qui eût ressemblé à un reproche; elle leva sur Philippe un regard plein de douceur, de mansuétude et de tendresse ineffable; elle s'arrêta pour le suivre de l'œil aussi longtemps que possible, et continua son chemin à pas lents jusqu'à la litière, qui l'emmena à l'église primatiale. Sa suite l'attendit sous le péristyle, et elle entra seule dans le temple.

Elle médita longtemps devant la tombe royale; elle songea à la destinée de sa mère, si grande, si complète, rayonnante d'un éclat immortel; à la sienne, si misérable, si stérile pour l'Espagne, si douloureuse pour

elle! Elle demanda à Dieu la raison de cette chute profonde.

L'église était sombre; deux frères franciscains, agenouillés dans le chœur, près du sépulcre royal, lassés des longues oraisons que leurs lèvres murmuraient seules, étaient comme insensibles et pétrifiés parmi les statues de pierre. Jeanne crut entendre à la porte du chœur, où était une sentinelle, comme le bruit d'un corps tombant sur le carreau; elle demeura immobile, retint son haleine. Les nombreux trophées, les faisceaux d'armes enlevées aux Maures, qui ombrageaient la tombe d'Isabelle, l'empêchaient d'apercevoir ce qui pourrait arriver par derrière; elle tenait depuis un instant ses regards sur ces monuments de victoire, tandis qu'une attention inquiète s'était éveillée en elle, lorsqu'elle crut voir au-dessus des trophées d'armes la bannière du dernier roi maure, enlevée à Grenade, osciller et se mouvoir d'elle-même, comme si elle voulait se détacher du groupe.

En même temps, une figure orientale, basanée, ardente, aux yeux étincelants, parut vaguement au milieu des armures, des lauriers, des écharpes mauresques. On eût dit que cette figure rendait la vie aux choses consacrées qui l'entouraient; ces objets de guerre parurent reprendre de plus vives couleurs, tressaillir, scintiller, se soulever au vent; et au milieu de ces cuirasses, de ces cimeterres aux bleuâtres étincelles, de ces boucliers de peau de lion, de ces lances flamboyantes, de ces drapeaux ranimés, frémissants, Jeanne entendit passer, vibrer quelques mots arabes, dans lesquels elle reconnut celui de *vengeance*. Puis, la bannière de Boabdil se détacha entièrement du trophée, s'éloigna et disparut dans l'ombre du sanctuaire.

Alors Jeanne distingua clairement des paroles animées, des pas retentissants. L'idée de la réalité vint se mêler aux terreurs de la vision fantastique. Elle comprit vaguement le danger qui menaçait la ville; elle courut rejoindre sa suite et se fit reconduire au palais. Ces armes des Maures, ces paroles de guerre qui étaient venues retentir, l'avaient subitement ramenée aux souvenirs de son enfance; et comme alors c'était son père qu'elle voyait au front des armées, grand, habile, vaillant, suivi par des masses enthousiastes, comme c'était le nom de son père qu'elle entendait dans tous ces cris de victoire, ce fut près de lui qu'elle courut, ce fut à lui qu'elle fit part de ce qu'elle venait de voir et de ce qui excitait ses terreurs.

XX.

Cependant au palais s'écoulaient paisiblement les heures destinées à la fête de la Poésie.

Dans une vaste enceinte, des panneaux de marbre blanc étaient couverts de guirlandes et de roses qui ondulaient régulièrement, portant à chacun de leurs festons un globe d'albâtre, d'où la lumière sortait blanche et vaporeuse; ces mêmes guirlandes pendaient de la voûte, et toutes les parois étaient fleurs et lumières : il s'y détachait des lyres suspendues aux lambris; une table de cent couverts était surchargée d'orfèvreries resplendissantes, dans lesquelles s'étalaient les produits les plus précieux des deux mondes.

Au fond de la salle, derrière la place qu'occupait Philippe, s'élevait un groupe de marbre de Paros, admirablement sculpté. On y voyait une figure blanche, légère, divine, représentant la Poésie. Son regard tombait sur plusieurs autres figures placées à ses pieds : c'était les *passions*, qui, sous ce regard inspiré, avaient dépouillé leur enveloppe matérielle et montraient des âmes nues : l'amour, la haine, le fanatisme, le désir, la volupté, s'irradiaient, et laissaient voir les palpitations de leurs seins, leurs énergiques élans, leurs impétueuses folies : ce regard d'en haut éloignait tout voile et faisait surgir la nature. La Poésie tenait d'une main une urne d'or d'où coulait un vin parfumé en jets de rubis, et de l'autre un bouquet de roses, dont la chaleur détachait les légères pétales, qui tombaient une à une sur la tête de Philippe.

En ce moment la porte s'ouvrit, et un vieillard, vêtu de cuir, bardé de fer, les cheveux et la barbe hérissés, entra précipitamment. C'était don Cardenas, l'ami, le compagnon de guerre du vieux roi Ferdinand.

On venait de poser cette question :

« La poésie réside-t-elle dans l'objet qui semble en être paré, dans la femme, dans le ciel, dans le printemps, ou dans le poëte qui les regarde? »

La vue de ce personnage rébarbatif, rompait si brusquement l'harmonie, et donnait un tel soubresaut à la pente des idées, qu'avec sa figure sombre et morose, il excita une surprise universelle, et fut accueilli par un immense éclat de rire.

Comme un rayon de soleil en faisant étinceler les saillies d'un relief, rend les enfoncements plus noirs, cette hilarité rembrunit davantage le visage de Cardenas, qui s'obscurcit de tristesse et s'empourpra de colère.

— Prince, dit-il, avec force, à Philippe le Bel, je viens ici de la part du roi Ferdinand, votre beau-père, vous annoncer que les Maures, descendus des Alpuxarras, sont aux portes de la ville de Tolède, et vous sommer, vous, roi de Castille, de venir la défendre.

Philippe était hors d'état de comprendre l'importance de ces paroles.

Le comte d'Egmont, à peu près dans le même état que son maître, et monté au ton de l'impertinence par le rire qu'il vit sur les lèvres de son prince, répondit à l'importun vieillard :

— Va dire à ton maître que les guerres des Maures sont les joies de sa jeunesse, et que s'il croit les revoir aujourd'hui, c'est qu'il retombe en enfance.

Don Cardenas pâlit, porta la main sur à épée...... mais détournant dédaigneusement la tête du jeune courtisan, il étendit sa main brune et ridée sur le front de Philippe, et lui dit :

— Puisque vous aimez mieux être le roi d'un festin que celui d'un empire, que le malheur de ce jour re tombe sur votre tête !

Et il sortit à pas précipités.

Ferdinand, à la réponse que lui rapporta don Cardenas, se sentit redevenu roi par le droit de son courage. Il s'arma de toutes pièces, s'élança sur son cheval de bataille, et se plaça au front d'une armée rassemblée en toute hâte par ses fidèles compagnons.

Il passa au galop de son cheval la revue des troupes. Il avait secoué de sa tête vingt froides années : ce n'était plus Ferdinand le *Pieux*, le *Sage*, le *Politique*, comme on l'avait surnommé tour à tour; c'était le grand capitaine, le conquérant des Espagnes. On revoyait encore ses yeux pleins de feu, son teint brun et chaud, son port martial, ce fluide guerrier qui se répandait autour de lui, et enlevait les âmes à l'ardeur du combat; sa voix avait repris toute sa force juvénile en faisant retentir les mots du commandement. Les vieux soldats le reconnaissaient; les jeunes le voyaient à travers la tradition qui en avait fait un héros : tous le

saluaient de leurs vivats; l'enthousiasme de l'armée annonçait encore un des jours de triomphe d'autrefois.

L'armée vint se ranger sur ces formidables remparts de la ville impériale, bâtis par les Goths, fortifiés par tous les siècles, et qui portent sur leur immense muraille une couronne de cent cinquante tours crénelées.

Un instant après, l'horizon de Tolède présentait un spectacle majestueux et terrible.

La plaine était couverte de troupes arabes.

Les trompettes, les anafins, frappaient l'air de leurs éclats sonores, les tambours battaient aux champs, et, à tous ces bruits enivrants, on voyait frémir d'ardeur les guerriers, bondir les chevaux hennissants.

En même temps, sur les remparts, paraissait l'armée espagnole, séparée seulement des troupes ennemies par les murailles blanches des glacis. Ses rangs étaient calmes, graves, forts de leur courage, de leur tactique, de leur formidable artillerie. Des prêtres mêlés aux soldats disaient des prières et bénissaient les armes.

Tout annonçait une action terrible et décisive, et Ferdinand allait commander la charge, lorsqu'un fait d'une audace inouïe vint étonner les deux armées. Au milieu même des corps espagnols, un groupe de chefs arabes, dont les turbans verts attestent le haut rang, et qui se sont introduits en secret dans la ville, s'avancent jusque sur le bord du rempart, avant que les Espagnols surpris songent à les arrêter. Seuls au milieu des ennemis, ils montrent un front d'airain. Ben-Zagal est à leur tête, il tient en main le drapeau musulman enlevé à Grenade, et qu'il était allé ravir au tombeau d'Isabelle. Ses traits resplendissent d'un courage surnaturel. Il jette le cri de guerre *allah!* se penche sur le bastion, lance l'étendard dans les rang de ses frères en s'écriant :

— Enfants de Mahomet, voici votre drapeau, reprenez votre empire!

L'étendard est reçu par mille bras, et le cri de guerre répond de toute l'étendue de la plaine. Puis les chefs arabes, le cimeterre et le pistolet au poing, le poignard entre les dents, s'enfoncent au sein de la ville espagnole.

Ferdinand lui-même va se jeter sur leurs traces. Mais au moment même, les Maures, possesseurs de la bannière sacrée, montent à l'assaut du rempart. Le général ne peut pas détourner son attention de ce point important, il voit encore passer les turbans verts le long des murailles du palais; mais il laisse cette poignée d'hommes aventureux à la mort qu'ils vont chercher. Il commande la charge, une bataille formidable s'engage, l'air s'obscurcit de la fumée de la poudre, le rempart est en feu.

XXI.

Cependant nul bruit du dehors ne parvenait dans la salle du festin que présidaient l'insouciance, les pensées légères, l'amour et le plaisir sous les traits de Philippe. Il était le plus beau, le plus séduisant, le plus voluptueux des chevaliers de sa nation, et tous cherchaient à approcher de leur maître. Ces jeunes hommes étaient venus avec un esprit poétique, une intelligence vivement épanouie, un goût délicat pour les jouissances les plus exquises des sens, habiter un pays encore tout guerrier, superstitieux et barbare; ils ne devaient y faire qu'un rapide passage. Nul bruit du tumulte sanglant, nul éclat des armes en fureur ne pénétrait dans cette enceinte : ou, s'il y arrivait quelque détonation de l'artillerie ardente, l'ivresse l'interprétait par le bruit de l'orage qui éclatait sans doute à l'horizon.

Tout à coup la porte est enfoncée avec un bruit épouvantable ; des ennemis, des Maures armés, cuirassés de fer, brandissant le fer, se jettent dans la salle. Ce sont les chefs arabes qui, sur les pas de Ben-Zagal, ont passé comme l'éclair à travers la ville espagnole, et viennent fondre au palais. L'orgueil d'un succès inouï fait étinceler leur face cuivrée ; la colère de voir le luxe et les voluptés de ceux qui les ont chassés, dépouillés, exalte leur férocité.

Ils s'écrient en maîtres terribles :

— Espagnols ! vous buvez le sang de nos frères, il faut le dégorger.

Les femmes, les poëtes, les jeunes hommes désarmés s'enfuient en jetant des cris déchirants ; les chevaliers tirent leurs épées, saisissent les couteaux de la table ; mais les Maures les leur ont bientôt arrachés... L'ivresse est dissipée ; l'horreur de ce moment apparaît tout entière ! Les lustres de la salle sapée, dévastée de toutes parts, se sont éteints : quelques rares flambeaux éclairent seuls l'enceinte, et chacun des seigneurs se trouve renversé et gisant sous un soldat maure qui lui tient le genou sur la poitrine et le poignard sur la gorge.

Ben-Zagal est debout en face de Philippe ; d'une main il étreint la main dont le prince a tiré son épée, de l'autre il tient le poignard levé sur sa poitrine. La figure de l'Africain, sillonnée d'éclairs de rage, barrée de noirs sourcils, armée d'un regard meurtrier, éclatante d'un rire féroce, frappe sur la figure pâle et belle de Philippe, qui se détourne en vain.

— Enfin nous sommes arrivés au but, dit le Maure en dilatant sa large poitrine, en respirant du souffle des vainqueurs. Philippe, crois-tu donc que je t'aurais laissé vivre, que je t'aurais ramené moi-même sur mon cheval à Tolède, si ce n'eût été pour te voir monter à ce trône que la lâcheté devait nous livrer ?

Ses mains de fer ne laissaient la liberté d'aucun mouvement à son captif, et le souffle seul du lion semblait devoir suffire pour renverser sa proie.

— Usurpateur de cette terre sacrée ! dit-il encore, amant d'Oléma ! je voudrais pouvoir te tuer deux fois.

Et il plongeait son poignard dans le sein de Philippe, le retirait, le plongeait encore, tournait la lame dans ses chairs et fouillait jusqu'au cœur.

— Oh ! s'écria-il, tandis que le sang coulait à flots, on dit que la beauté est celle d'un immortel, reviens ! reviens donc, pour que je puisse te tuer encore !

Philippe tomba ; sa tête alla porter sur le corps du comte d'Egmont, qui venait d'être assassiné près de lui ; le sein de son ami le reçut encore une fois, et empêcha son beau front de se briser sur la pierre. Philippe le Bel expira, portant encore dans ses cheveux les feuilles de rose que la Poésie y avait fait tomber ; il exhala pour la dernière fois ce souffle pur, suave, qui n'avait jamais porté un sentiment vil, une passion cruelle, et qui alla rejoindre l'éther des régions étoilées.

Tous les chrétiens étaient immolés ; les Maures se regardèrent avec bonheur et laissant dégoutter le sang de leurs poignards. Au moment même, un soldat arabe, couvert de poussière, les vêtements déchirés et sanglants, se jette au milieu d'eux.

— Fuyez ! fuyez ? s'écrie-t-il... la fuite ou la mort... L'Espagnol est vainqueur, notre armée n'est plus... plus rien qu'un monceau de morts... Ferdinand ramène ses troupes... mais les portes de l'ouest sont encore ouvertes... Fuyez ! Fuyez !...

Les chefs arabes frémissent, leurs dents grincent, ils restent immobiles et glacés ; un si grand revers a enfin pétrifié leur courage..... Ben-Zagal lève au ciel un regard de reproche, en s'écriant :

— O terre d'Espagne ! ô mon pays adoré ! il n'y a donc plus de délivrance pour toi !... plus... plus jamais !...

Mais il regarde le corps de Philippe, et il sourit encore.

En même temps, une femme pâle, échevelée, demi-nue, s'avance sur le seuil. Oléma, du fond de sa retraite, a entendu le tumulte du palais, et pense que le moment solennel est venu.

— Oléma, s'écrie Ben-Zagal, tout est perdu ; tout, les larmes, les prières et mon courage. Les Espagnols sont vainqueurs ; ils ont renversé notre armée, cette armée faite des derniers débris d'un peuple détruit.

Et maintenant, il n'y a plus que des rangs de cadavres pour arrêter leurs pas ! plus que des âmes errantes pour les maudire !... Mais du moins nous pouvons fuir ensemble.

Il tire de son doliman le parchemin signé de Jeanne, qui le rend libre en tout lieu et en tout temps.

— Nous pouvons fuir ensemble, viens que je t'emporte dans mes bras. Il nous reste la liberté et le désert.

— L'armée dispersée ! vaincue ! répéta Oléma, après un moment de terrible silence, l'espoir anéanti ! la patrie perdue ! perdue encore une fois !... Dieu puissant ! dit elle en jetant sa tête en arrière, par un mouvement de désespoir, et en pressant son front de ses mains, Dieu puissant ! tu sais pourtant ce que je sacrifiais pour elle !...

Ce cri est si profond, ce désespoir est si solennel, cette femme, cette jeune fille représente si bien le génie de la nation vaincu et désolé, que les musulmans, devant tant de douleur, oublient un moment leur danger, et suspendent leur fuite pour la contempler.

— Mais du moins nous ne partirons pas sans vengeance, reprend Ben-Zagal, en arrêtant sur Oléma un farouche regard.

Elle frissonne : elle jette les yeux autour d'elle d'un air hagard ; ses lèvres pâles laissent échapper ce mot :

— Philippe ?

Ben-Zagal lui montre un cadavre.

Elle le regarde ; ses bras tombent, sa tête se penche sur sa poitrine, elle s'approche de ce corps à pas lents, s'agenouille devant lui, prend l'épée nue que le prince a laissée tomber, et s'appuie sur la lame qui entre jusqu'à son cœur.

Un cri où la surprise, l'épouvante, le désespoir rugissent à la fois, sort de la poitrine de Ben-Zagal.

Oléma se soulève encore à demi, regarde Ben-Zagal, pose une main sur le sein de Philippe, et dit en expirant :

— Je l'aimais !

XXII.

La mort de Philippe le Bel amena en Espagne le spectacle le plus étrange : on vit la folle couronnée, qui régnait seule en ce moment, ordonner pour cette circonstance une cérémonie digne de l'égarement de son esprit, où se mêlaient encore les croyances de son enfance pieuse, et les hauts pouvoirs de l'État se plier à sa volonté, adopter en quelque sorte sa démence en lui obéissant. On ne peut comprendre leur condescendance à cet acte insensé qu'en songeant qu'ils cédaient à l'ascendant irrésistible de l'amour et du malheur.

— Philippe est mort, dit Jeanne en se penchant sur le corps glacé de son époux... Oui, mort pour un temps ; mais il va bientôt ressusciter.

En disant cela, sa figure était sereine et presque souriante.

— Vous savez bien que sa beauté le rend immortel ; vous savez bien que l'ange de la naissance a dit à sa mère que le ciel n'avait pas créé un être si parfait pour une seule vie... Il est des saints qui ont le pouvoir de chasser les ombres de la mort. Nous allons transporter le prince dans toutes les églises du royaume, et il dira lui-même quel est le bienheureux qui doit lui rendre l'existence.

La reine appela auprès d'elle tous les ordres religieux de la Castille pour qu'ils fissent partie du long pèlerinage qu'elle entreprenait.

Ces religieux s'assemblèrent autour du corps de Philippe, dans l'enceinte même où avait régné la fête mémorable. Le cortège sortit à pied des portes de Tolède, et se répandit dans la campagne.

Philippe, roi après la mort, revêtu de ses habits de souverain et la couronne sur le front, était étendu sur un tapis de velours cramoisi, dans un cercueil découvert, et porté sur une litière enrichie des plus splendides ornements, sans aucun des attributs de la mort, dont on ne voulait pas reconnaître la puissance. Une fin rapide et sans souffrance lui avait laissé toute sa beauté. Le respect de ses sujets lui laissait toute sa grandeur ; la mort n'était présente que dans cette pose horizontale qu'elle fait prendre à tous par le sommeil éternel.

Des pages portaient l'armure du prince, des écuyers conduisaient son cheval, des mules aux sonnettes d'or étaient chargées de sa tente et de ses bagages de route. C'était l'appareil nouveau d'un convoi mortuaire où l'on attend le retour de la vie.

La reine Jeanne marchait à la tête du cercueil ; ses vêtements, l'on d'avoir pris l'apparence du deuil, étaient devenus moins austères ; elle avait une robe blanche, un diadème de brillants retenait ses cheveux : mais la reine pèlerine devait marcher sans chaussure, et ses pieds blancs, légers, s'entremêlaient aux bruyères roses du chemin. La complète aliénation de son esprit avait fait cesser les troubles cruels, les continuelles souffrances de ses derniers instants de raison ; et, dans son funeste repos, son visage s'était revêtu d'une nouvelle teinte de vie et de quelque éclat qui approchait de la beauté.

A la suite de la reine venaient les députés des états, les membres de la Sainte-Hermandade et une longue colonne de moines de différents ordres, apportant avec eux ce qu'il y avait de plus précieuses reliques dans les trésors religieux de leurs monastères. Les franciscains portaient des vases de cristal contenant les cendres des martyrs, les bernardins un rameau d'olivier de la montagne sainte, les cordeliers un christ miraculeux dont on sentait battre le cœur, les augustins une rose qui était tombée de la couronne de Marie, et qui, après des siècles, conservait encore son parfum. En tête de la file, on distinguait les chartreux de Saragosse, qui avaient, comme les rois, le privilège de sauver les condamnés à mort qui se trouvaient sur leur passage. Puis arrivait le haut clergé de Tolède, avec les croix d'or, les chapes, les bannières de brocart, les chasubles couvertes de pierreries, tous ces ornements magnifiques et radieux qui, loin de la tristesse d'une pompe funèbre, donnaient à ce convoi l'aspect de ces resplendissantes fêtes de Pâques où renaît, la nature et Dieu.

La procession avançait à pas lents. Elle devait aller ainsi de ville en ville, de couvent en couvent, implorer la puissance des saints qui les habitaient. Mais Jeanne, dans sa folle jalousie, défendit expressément qu'on entrât dans les monastères de religieuses, ne voulant pas qu'aucune femme approchât de son beau Philippe.

La procession avançait lentement, les pas assoupis sur un épais tapis de gazon ; tous ces hommes marchaient la tête baissée, tristes comme la pensée qui les réunissait, comme cette espérance de ressusciter un mort, conçue dans la folie. Dans la nuit naissante, les bandes de moines ne formaient plus que de longues files d'ombres. Le plain-chant dont ils entouraient le cercueil, affaibli graduellement avec la clarté du jour, n'avait plus que des demi-sons, lents et mélancoliques, qui semblaient aussi l'ombre d'un chant. Jeanne, qui

marchait à la tête de cette foule religieuse, se détachait seule dans la nuit par la blancheur de ses vêtements : on eût dit une de ces créatures du ciel, moitié femme, moitié vapeur, qui conduisent les fantômes dans les plaines de l'autre monde.

La procession s'arrêta devant la porte de l'église champêtre. En même temps un cavalier qui suivait le sommet de la colline s'arrêta pour contempler ce funèbre tableau. Sur le fond du ciel lumineux qui régnait derrière lui, il n'offrait qu'une silhouette noire, dont le trait nettement accusé dessinait un turban orné d'une aigrette, une taille majestueuse, des armes à la ceinture, et la forme d'un cheval sans selle, le pied léger, le cou élargi d'une épaisse crinière. Cette figure découpée par un filet de vive lumière, avait un aspect imposant et magique.

La reine s'agenouilla devant le corps de son époux.

— Est ce ici que tu dois revivre, Philippe? Est-ce l'heureuse vierge de cette chapelle qui doit opérer ce miracle? Parle-moi, je t'entendrai sans qu'un son s'exhale de la poitrine et sans que tes lèvres s'entrouvrent ; l'amour m'a donné un sens intime et mystérieux que les autres n'ont pas. Je t'ai tant aimé hélas, mon corps est resté chétif et misérable, mais mon âme a grandi dans cette constante adoration, elle est devenue une fille du ciel, une sainte d'amour, rayonnante aux yeux de Dieu... Reviens ! reviens ! tu étais plein de grâce, de miséricorde et de grandeur, ta beauté était surhumaine, tu avais tout d'un dieu ; et le Christ a montré qu'un dieu ne meurt que pour trois jours... Si tu ne trouves pas cette campagne assez belle, cet air assez pur, cette terre assez sainte, je te conduirai par toutes les contrées les plus charmantes, par tous les jardins embaumés de l'Espagne ; je te ferai ouvrir tous les temples ; je te déposerai au pied des autels dont la protection n'a jamais été implorée en vain. J'y serai près de toi avec cet amour ardent qui a toujours embrasé mon sein ; et, si tous les pouvoirs du ciel sont insuffisants pour te rendre la vie, il sortira bien de ce cœur rempli de tant de feux une étincelle qui viendra te ranimer.

Puis, Jeanne se pencha longtemps, appuyant sa tête brûlante sur la poitrine froide de Philippe ; elle continua à lui parler à voix basse, s'arrêtant quelquefois comme pour écouter ses réponses ; après ce mystérieux dialogue avec la mort, elle dit que ce n'était point en ce lieu que le prince voulait renaître, qu'il fallait incessamment repartir. Et tous les assistants agenouillés autour du cercueil se levèrent.

Le cavalier reprit sa course sur le sommet du coteau. C'était Ben-Zagal qui retournait au désert.

La procession continua son pèlerinage, traversa ainsi une partie des Espagnes, parcourut les plus beaux sites, s'arrêta aux cathédrales les plus célèbres, frappant à toutes les portes de la nature et de la religion.

Enfin, Jeanne, fatiguée de ses efforts insensés, revint s'enfermer dans son palais de Tordésillas, loin du mouvement des affaires et du tumulte des partis qui s'agitaient alors dans le royaume. Ne conservant de reine que le nom, elle vécut enfermée dans la plus austère solitude avec le corps embaumé de son époux, qui resta toujours le visage découvert pour recevoir le culte idolâtre de la pauvre insensée.

Il était dans la destinée de Jeanne de Castille de demeurer toujours seule, languissante et cloîtrée au milieu des cours. Ses dernières années dans le château de Tordésillas furent semblables à celles de sa jeunesse sombre, rêveuse et passionnée, alors que faible enfant elle portait dans son sein le pressentiment de cet amour qui avait été toute sa vie, et dont elle mourait maintenant.

LE DIABLE DANS UN BENITIER.

Par CLÉMENCE ROBERT.

I.

BIENFAIT.

Un soir d'été, et pendant qu'un orage sévissait dans toute sa violence, les habitants du petit hameau de Saint-Brice, dans le Charolais, étaient tous sortis de leurs demeures pour observer le courant des nuages, et se tenaient rassemblés sur la place de l'église, d'où on découvrait un vaste horizon.

Le temps était chargé d'ombres dans lesquelles miroitaient des vapeurs enflammées, des tourbillons de vent promenaient dans l'espace le sable, la mousse des rochers, le chaume des toitures, les herbes desséchées sous l'ardeur du soleil. Au milieu de cette atmosphère lourde et brûlante, les familles de paysans, réunies en groupes, restaient immobiles, terrifiées. Les cultivateurs contemplaient ces épaisses nuées qui planaient si bas, et tenaient suspendus sur les champs le désastre et la ruine, tous les visages tournés du même côté n'avaient qu'une seule physionomie, fixe morne, glacée de crainte, et dont toute l'animation avait passé dans le regard qui interrogeait le ciel.

A quelque distance, sur la porte d'un humble presbytère, était le curé du lieu, dont la douce et bonne figure reflétait toutes les anxiétés qui passaient sur celles des paysans; près de lui se tenaient le maire de l'endroit, quelques vieillards et une belle jeune fille de seize ans, qui priait Dieu de toute son âme.

La petite cloche sonnait constamment au sommet de l'église: ses faibles sons, organe des vœux de la terre qui s'élevaient contre l'orage, se perdaient à chaque minute dans un coup de vent ou un éclat de tonnerre.

Pendant longtemps le nuage chargé de grêle, entouré d'éclairs, flotta sur l'étendue des champs couverts de ces blés mûrs plus précieux que l'or dont ils portent la couleur; il parcourut l'horizon, paraissant chercher le lieu sur lequel il laisserait tomber son fardeau, s'abaissant sur chaque point tour à tour, et soulevant des épis agités de longs frémissements qui allaient répondre dans l'âme des laboureurs.

Cependant, à la nuit, un air plus frais se fit sentir, l'espace se dégagea de ses ombres les plus épaisses, et on commença à espérer que le fléau s'était éloigné de la contrée... A cet instant, un trait de feu et une détonation éclatante vinrent en même temps fondre sur le hameau.

Le tonnerre, dans le dernier coup qui dût signaler cet orage, était tombé à peu de distance. Dans l'obscurité, on ne pouvait savoir quel point la foudre avait frappé; mais bientôt un symptôme effrayant vint le désigner.

Une gerbe d'étincelles s'éleva sur la limite du hameau, qui se trouvait voisine d'un bois.

Le feu du ciel s'était dirigé vers une meule de foin nouvellement coupé. En une minute elle offrit l'aspect d'une montagne de flammes. Le vent qui soufflait avec violence, souleva à grands flots ces légers brins allumés, et, les dispersant sur les habitations couvertes de paille et de mousse, mit le feu aux quatre coins du village à la fois.

Ce furent d'abord de toutes parts des cris, des gémissements, des clameurs éplorées; puis enfin, sans suspendre leurs plaintes, les paysans s'occupèrent de faire face au désastre. On établit une chaîne du haut de la colline où est situé le hameau jusqu'à la rivière de la Ressouse, qui coule au bas, et l'eau monta rapidement du fond de son lit de roseaux au sommet de l'incendie.

Au milieu de ce travail précipité, ardent, personne ne pouvait remarquer le roulement d'une légère voiture qui passait sur la route voisine; mais le maître de cet élégant équipage fut frappé de l'éclat des flammes, fit arrêter ses chevaux, et monta à pied le sentier ardu qui conduisait au village.

Arrivé sur la place de l'église, il considéra le mouvement de l'incendie avec la curiosité d'un jeune homme qui se prend à tout spectacle, avec la légèreté d'un homme riche qui n'attache pas grande importance à une douzaine de masures brûlées.

Vers dix heures, on s'était rendu maître du feu; mais la moitié des habitations à peu près étaient consumées, et la flamme avait gagné le bois voisin. La masse des arbres brûlait dans un calme et majestueux incendie qu'on ne pouvait pas même essayer de combattre.

Les habitants étaient revenus en foule vers le parvis de l'église, où se trouvaient à demi nus les enfants, les vieillards, les malades sortis à la hâte des demeures en feu, et qui n'avaient plus d'autre asile que la place publique. Là étaient aussi entassés les pauvres meubles qu'on avait pu sauver, les minces couchettes, les armoires vermoulues, les bahuts de cent ans, tous ces misérables objets que la nécessité rend si chers.

Ce fut alors seulement qu'on remarqua la présence de l'étranger. C'était un homme de trente ans, d'une figure admirable, d'une exquise élégance de taille et de maintien, à laquelle il joignait un air de simplicité, d'aisance, et même d'abandon extrême.

Les paysans furent frappés un instant de cette brillante apparition, de cette beauté de visage qu'ils voyaient pour la première fois unie à la distinction, aux grâces, à la noblesse des manières; mais bientôt la préoccupation du moment reprenant le dessus, ils recommencèrent leurs plaintes, leurs exclamations douloureuses.

Les troupeaux, les volatiles, amenés des demeures embrasées sur les pelouses d'alentour, mêlaient leurs beuglements, leurs glapissements aux voix des malheureux paysans, et c'était un concert aussi étourdissant que lamentable.

— Allons! allons! disait l'étranger, en passant de l'un à l'autre des villageois, pourquoi tant de cris et tant de larmes !... Vous n'avez plus de pain, plus de vêtements... bon Dieu, il en reviendra !

— Ah! nos pauvres maisons!... il n'en reste pas pierre sur pierre! criait-on de tous côtés.

— Eh bien, on les rebâtira, vos maisons, et elles seront toutes neuves.

A cette assertion les paysans ne répondaient que par des gémissements plus élevés.

— Ah ça! mais il n'y a donc plus personne à qui parler ici?... dit l'étranger avec impatience. Ah ! je vous tiens, vous, monsieur le curé... vous entendrez raison, au moins.

Il adressait ces derniers mots à l'abbé Aubert, pasteur du hameau, qui arrivait sur la place chargé de hardes, de couvertures, de rideaux, de tout ce qu'il avait pu enlever de sa chambre pour envelopper les pauvres incendiés, et suivi de Suzanne, sa jeune servante, qui apportait aussi aux malheureux le souper de son maître, et tout ce qui se trouvait en fait de provisions à la cure.

Dès que l'abbé eut jeté son fardeau par terre, l'étranger lui prit les mains d'un air cordial et riant, en ajoutant avec vivacité :

— Voyons, il s'agit d'envoyer chercher à la ville la plus voisine de quoi soulager un peu ces bonnes gens. Je vous en prie, dites à quelqu'un d'ici d'aller demander mon domestique, qui m'attend avec la voiture sur la route, et ensuite ne vous inquiétez de rien.

Suzanne, la jeune villageoise qui servait l'abbé Aubert, en arrivant sur la place était restée stupéfaite à la vue du bel étranger; tandis qu'il parlait, elle attachait sur lui avec la hardiesse d'une naïveté extrême, ses grands yeux bleus, pleins de douceur et d'éclat. A ses derniers mots, elle s'élança comme une flèche sur le sentier du coteau, et revint un instant après ramenant le domestique du monsieur inconnu.

— Joseph, dit l'étranger, prenez de suite ma voiture, allez à Charolles, achetez du pain, des viandes cuites, des légumes, tout ce que vous trouverez... Achetez aussi des vêtements de laine, bien solides, de toute taille... Voyez, il y a ici des enfants de tout âge et des vieillards .. mettez cela dans la voiture, dans le caisson, sur le siége, sur les chevaux, partout où il y aura place et revenez au plus vite.

Après avoir tendu une bourse à son domestique, il ajouta encore :

— Je vous donne deux heures pour aller, deux heures pour revenir, pas une minute pour vous griser; soyez ici à cinq heures du matin, au plus tard !

Les paysans regardaient ce beau jeune homme, qui

semblait tombé des nues au milieu d'eux, avec un ébahissement silencieux et sans oser croire encore à ce qu'ils entendaient. L'inconnu, sans leur laisser le temps de se reconnaître, se tourna vers le pasteur et lui dit gaiement :

— Ah! par exemple, monsieur le curé, vous me donnerez l'hospitalité pour cette nuit.

— Et j'en serai bien heureux ! dit l'abbé Aubert, qui avait rencontré un bon cœur et se trouvait tout de suite en pays de connaissance.

Il rentra à la cure avec son hôte. Le sieur Boudart, gros paysan enrichi et maire de l'endroit voulut bien leur tenir compagnie. L'habitation de ce dernier, bien bâtie et couverte en tuiles, avait été préservée dans l'incendie du hameau, et n'ayant aucun malheur à déplorer pour son compte, il s'inquiétait peu de ceux des autres.

Le presbytère était dans le plus beau désordre qui se puisse imaginer. Le curé avait tout mis au pillage chez lui pour secourir les pauvres paysans, harassés de fatigue et étendus sur le pavé de la place. Les rideaux des fenêtres étaient arrachés, les meubles ouverts et dépouillés de tout ce qu'ils contenaient; il en était de même de l'office et de la cuisine, livrés à la dernière pénurie.

Le curé et les deux personnes qui l'accompagnaient, s'étaient jetés sur des siéges au milieu de ce chaos Au dehors, le bois qui brûlait toujours jetait des reflets rougeâtres sur le vitrage nu des croisées; au dedans, la petite flamme blanche de la lampe que portait Suzanne en vaquant aux soins du ménage, éclairait d'une lueur paisible cet intérieur encore empreint de calme et de sainteté au milieu de son désordre.

Mais tout le mouvement que se donnait la jeune servante pour préparer le souper attestait seulement le désir extrême qu'elle aurait eu de servir à l'hôte de son maître un repas présentable, car, au bout du compte, elle ne posa sur la table qu'une humble collation, dont les préparatifs avaient dû être bientôt faits.

— Qu'est-ce que vous apportez là? Mademoiselle... L'étranger s'interrompit ignorant quel nom il devait ajouter à son interpellation.

— Suzanne, dit le curé.

— Elle est bien jolie! dit l'inconnu en regardant la jeune fille d'un air simple et ouvert.

— C'est pour cela que je l'ai prise avec moi, répondit le pasteur. Oui, ajouta-t-il, pour veiller sur elle et la garder de plus près.

Ces mots furent prononcés avec tant de candeur et de dignité paternelle, que l'étranger n'eut pas un sourire sur les lèvres.

Il reprit son discours.

— Qu'est-ce que vous apportez là, mademoiselle Suzanne ? Des œufs, du fromage, des noix... ce n'est pas mal : mais j'ai vu en entrant un morceau de lard fumé qui, posé cinq minutes sur le gril, compléterait bien notre souper.

— J'y avais pensé, dit le pasteur, mais c'est aujourd'hui vendredi... et je ne sais si vos principes...

— Mes principes s'arrangent de tout, à ce point, que je permets même aux autres de faire maigre si le cœur leur en dit.

Le curé sourit, le père Boudart fronça le sourcil, Suzanne courut faire rôtir le lard.

Un instant après, le souper fut servi, et malgré l'exiguïté du repas, la jeune fille resta pour servir à table.

Les convives étaient placés devant la fenêtre ouverte et entourée de pampres au rez-de-chaussée. A défaut du luxe d'intérieur on pouvait jouir de celui de la nature.

La nuit était devenue limpide et brillante; l'incendie du bois qui s'éloignait ne semblait plus qu'un immense flambeau servant à éclairer un magnifique paysage Sur la place, les paysans, calmés dans leurs plus vives inquiétudes par les prompts secours qu'on venait de leur promettre, étaient étendus pêle-mêle dans un pittoresque bivouac, et paisiblement endormis.

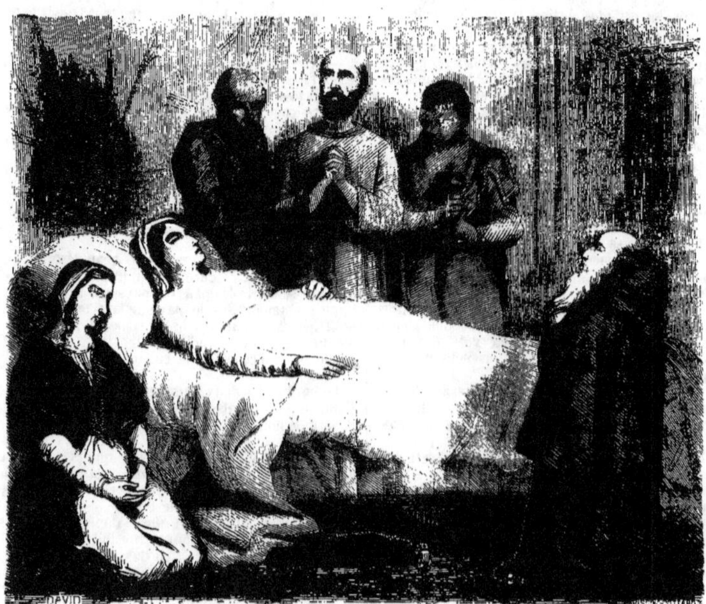

Derniers instants d'Isabelle

Le morceau de lard devait être attaqué le premier; l'excellent curé, au moment de servir son hôte restait comme embarrassé de la responsabilité qu'il allait prendre.

— Voyez, dit l'étranger en tendant d'une main son assiette, et en montrant de l'autre les villageois qui reposaient si doucement à la belle étoile, voyez, ils prient pour nous !

— Ils dorment.

— Ce sommeil qu'ils doivent à vos bons soins et à l'assurance des secours qu'ils recevront de moi, n'est-il pas la meilleure intercession pour nous devant Dieu?

— Vous avez toujours raison, mon cher hôte, dit en souriant le curé.

Le maire jeta un regard courroucé à l'étranger, et dit en se servant une part d'omelette :

— Moi, je trouve qu'un jour maigre on peut bien souper avec des œufs.

Le jeune homme ne l'entendit pas; il tenait ses regards fixés sur la hauteur de Saint-Brice.

— Voilà cependant, dit-il, un bois... une fortune entière... qui sera consumée dans quelques heures.

— Hélas! que faire? dit le curé. Il est impossible de porter de l'eau jusque-là... on mourrait à la peine avant de sauver seulement un arbre.

— Et son propriétaire, continua l'inconnu, sera peut-être ruiné demain !

— Non, répondit l'abbé Aubert. Ce bois fait partie des domaines de l'évêché.

— Oh ! alors c'est charmant, dit le jeune homme en riant. Le feu du ciel qui brûle les biens d'un évêque !... Quel scandale entre les grands !... Maintenant je ne voudrais pour rien au monde éteindre l'incendie.

— Monsieur!... dit le maire un saint prélat !...

— Bah! les prélats en ont toujours assez... C'est à l'Église comme ailleurs; tout au sommet, rien au bas de la montagne.

— Il faut gémir du mal en quelque lieu qu'il se présente, dit le pasteur.

— Mon Dieu! j'en gémis aussi, répondit l'étranger. Car dans l'incendie de ce bois je regrette... la cabane du bûcheron.

A ce dernier trait d'impiété, le père Boudart envisagea le jeune homme d'un air plus sombre, et comme si la séduisante apparence dont il était revêtu eût dû cacher Satan en personne.

Et tandis que l'inconnu tendait son verre à Suzanne, qui lui versait la boisson de genièvre contenue dans une grande cruche, le maire se penchant à l'oreille du pasteur, lui dit rapidement à voix basse :

— Méfiez-vous de cet homme... méfiez-vous !

L'abbé Aubert, pour toute réponse, demanda excuse à son hôte de n'avoir à lui offrir que cette boisson qui semblait peu flatter son goût.

— Un toit, dit-il, sans souper et sans lit, c'est là une triste hospitalité que je vous offre.

— Allons, mon cher hôte, dit l'étranger, n'en concevez aucun souci... Tenez, c'était seulement pour le plaisir de me faire plaindre un peu de vous que je faisais le difficile à l'égard des œufs et du genièvre... car, en vérité, j'ai été souvent plus mal couché et plus mal servi que ce soir.

— Vous... si riche!...

— Pauvre ou riche, c'est comme on voudra... J'ai habité la mansarde, sans feu et souvent sans pain, j'ai porté l'habit de bure et parfois la veste sur l'épaule; j'ai passé des nuits de travail, et des jours de repos sans salaire, plus tristes encore que la veille laborieuse. .

En cet instant, l'étranger tirait sa tabatière et la présentait à ses commensaux.

Le bienfaiteur.

Attirés par l'éclat de la boîte enrichie de pierreries, le curé et le maire la prirent, l'examinèrent et virent un portrait d'homme décoré d'augustes attributs.

— C'est le portrait d'un de mes amis, dit l'inconnu.

Le pasteur et le père Boudart lurent au bas de la miniature : *Murat, roi de Naples.*

— Et cette peinture achève de vous raconter ma destinée, continua l'étranger, car si j'ai été pauvre et souffrant dans les froides cabanes du nord de la France, j'ai aussi eu place dans les palais de l'Italie, j'ai mangé à la table des grands et je les ai reçus chez moi... J'ai été l'ami de ce roi chevalier ..

Les deux habitants du village examinaient l'inconnu avec plus de curiosité.

Tout ce qu'il y avait à la fois en lui de distinction et de simplicité, son aspect de noblesse et son laisser-aller, son regard grand seigneur et son air bon enfant, tout attestait la vérité de ce qu'il venait de dire, et montrait en lui l'empreinte des diverses classes de la société.

— Eh bien, ajouta-t-il gracieusement, mon asile de ce soir est entre les deux extrêmes. Et, vous le savez, mon cher pasteur, ce qu'il y a de mieux en toute chose c'est la médiocrité.

L'abbé se taisait en regardant son hôte avec un intérêt croissant.

Le jeune homme continua :

— C'est votre état habituel, à vous, digne ministre... car je pense que d'ordinaire vous n'êtes guère plus opulent que ce soir... et c'est là votre plus beau lustre !

— On se trouve toujours trop riche quand on voit des malheureux autour de soi.

— Je suis sûr que les villageois trouvent en vous le meilleur père.

— Je ne fais rien par moi-même; tout m'est dicté par *les ordres* qui m'ont envoyé garder cette petite population de Saint-Brice, isolée dans un coin du monde, aussi ma vie est bien simple...

— Et bien remplie.

— Je me lève avec le jour; je fais ma tournée dans les chaumières, et vais demander à chacun *comment il a passé la nuit*, car c'est la nuit que les soucis se font surtout sentir, et le sommeil est le baromètre qui marque les degrés de bien-être et de peine; chacun m'expose alors ses besoins, ses souffrances. Je reviens à l'église dire ma messe; c'est là que je retrouve des inspirations pour les affaires de la journée. Ensuite, selon les soins qui me sollicitent, j'exerce diverses professions...

— Vraiment ?

— Agriculteur, je dirige souvent les travaux des champs; avocat, je règle parmi mes clients les successions et les partages; médecin, j'en sais assez pour combattre les maladies simples et uniformes, comme tout le reste à la campagne... Les ressources sont sous ma main : mon jardin n'est planté que de simples, le baume forme mon gazon, le lichen croît autour de mon puits. Je compose avec cela des boissons bienfaisantes, et Suzanne les porte chez les malades avec sa douceur accoutumée et sa bonne grâce, plus efficace que mes breuvages... puis ces soins terminés, je vais en champ.

— En champ!

— Sans doute. Ne dois-je pas dire chaque jour mon bréviaire? Mieux vaut méditer les leçons du Seigneur sous la voûte du ciel que dans l'ombre des murs; et puisque je vais quelques heures errer dans la campagne, ne puis-je pas y garder les troupeaux. Il y a dans le pays des familles dont tous les bras sont utiles au travail; je leur viens en aide en gardant leurs bestiaux; et le chien du berger ne me semble pas une compagnie à dédaigner... Mais cela pour cinq jours de la semaine seulement. Le samedi je catéchise et je confesse.

— Et vous avez beaucoup à faire, dit le maire, chacun court à votre confessionnal.

— C'est que je les rassure sur l'état de leur conscience au lieu de les alarmer : je leur apprends qu'ils sont justes et sages autant que Dieu l'exige de ses faibles créatures ; et persuader les hommes de leur bonté est le meilleur moyen de les rendre bons. Aussi, ajouta l'abbé Aubert en souriant, je les ai entendu appeler quelquefois par mégarde mon confessionnal le tribunal de *consolation*.

— Ah ! monsieur le curé, s'écria le jeune étranger, si j'étais prince, quelle croix d'honneur je vous donnerais !

— Le pasteur lui serra la main, tout en se levant de table pour rompre cet entretien.

— Mais nous voici dans un cas exceptionnel, reprit l'inconnu. Si votre bonté paternelle subvient aux besoins journaliers de cette pauvre population, que pourrez-vous faire pour elle avec tous les trésors de votre cœur, lorsque demain tant de malheureux se trouveront sans abri devant leurs cabanes incendiées ?

— Je prêcherai pour eux.

— Comment ?

— Oui, je tâcherai d'obtenir de ceux qui possèdent un peu plus que le nécessaire des secours pour ceux qui ne l'ont pas, et le moyen de rebâtir de petites chaumières qui s'élèvent à si peu de frais ! Voici, par exemple, monsieur le maire qui est riche...

Le père Boudart toussa en détournant la tête.

— Monsieur le maire qui est riche, continua le curé, et que deux mille francs à donner ne gêneraient pas...

Le maire toussa beaucoup plus fort.

— Si je puis en trouver autant d'un autre côté..

— Si vous en trouvez autant d'un autre côté, interrompit en riant le jeune homme, vous ne serez pas bien riche, mon bon monsieur !... Mais disons la vérité, je ne demandais cela que pour éclaircir le fait, car j'avais déjà mon projet à part moi.

En disant cela, il ouvrit un portefeuille.

— Il paraît, continua-t-il, que quatre billets de mille francs pourraient faire votre affaire... En voici cinq que je remets entre vos mains... Ils seront bien placés pour fructifier... Avec cela, on fera venir des matériaux pour reconstruire ou réparer les habitations ; et il restera encore quelque chose pour les besoins des pauvres ménages.

Il mit les billets de banque sur le prie-Dieu du curé, et posa dessus le socle d'une petite figure de Vierge en guise de serre-papier.

Le pasteur remercia ce jeune homme par un regard plus éloquent que toutes les paroles de reconnaissance.

Suzanne, demeurée dans un angle obscur de la salle, laissa échapper un cri de joie, et joignit les mains devant l'étranger avec une naïve extase.

Le maire s'était montré dur et cupide devant cet homme, et se trouvait maintenant écrasé par sa générosité, c'était assez pour le haïr. Il lui jeta un coup d'œil oblique, envenimé, et, après avoir dit sèchement bonsoir à l'abbé Aubert, il s'en alla le cœur plein de fiel et d'animosité.

Alors, sans donner le temps au pasteur de lui exprimer sa gratitude, le jeune homme fit observer qu'il était bien l'heure de se reposer.

Ainsi l'abbé et son hôte demeurés seuls procédèrent à leur coucher. Les préparatifs furent bientôt faits. Les lits étaient dévastes et hors de service, deux grands fauteuils de tapisserie durent les remplacer.

L'étranger ôta sa cravate, son habit, tira de sa poche une petite toque rouge dont il se coiffa coquettement, puis, ayant trouvé sous sa main une pièce d'étoffe à rayures brunes et bleues qui, dans le désordre de la maison, avait été apportée là par hasard, il s'enveloppa de ce tissu déroulé en manière de robe de chambre. Cela fait, il s'étendit et s'arrangea de son mieux dans le grand fauteuil à oreillères.

Le curé s'établit à quelques pas sur un siège semblable ; il souffla la lampe et la nuit commença.

Au bout d'un quart d'heure, le jeune homme dormait profondément. L'abbé Aubert, ébranlé par les évènements de cette soirée, n'avait jamais été si éveillé. Mais, les yeux ouverts, il rêvait du bonheur de ses pauvres paysans, de leur ravissement, lorsqu'au point du jour il leur porterait la nouvelle d'une fortune merveilleuse, et qui tombait du ciel en un si pressant besoin.

Agité par ces préoccupations, il se leva bientôt, parcourut la salle à pas silencieux, tout en calculant le temps et les dépenses que nécessiterait la reconstruction des chaumières, puis aussi les ressources qui devaient abondamment y subvenir .. Une fois, le cours de sa marche régulière l'ayant ramené auprès de son hôte, il contempla le jeune homme dans son sommeil.

La lune s'était levée et répandait la lueur la plus pure ; l'incendie du bois, éteint faute d'aliment, ne laissait plus de trace ; tout l'horizon baignait dans des ombres légères et argentées. Une blancheur éclatante se répandait au sommet de l'église, sur la place où reposaient les villageois, et pénétrait dans la salle basse du presbytère par une ogive rompue et garnie de feuillages.

Le jeune étranger se trouvait dans cet espace éclairé. Sa coiffure rouge, le pan d'étoffe que, sans y prétendre, il avait pittoresquement drapé autour de lui, les belles couleurs du sommeil, donnaient à ses traits admirables un caractère plus saisissant. Sa figure se détachait dans la molle clarté de la lune, qu'encadraient les ombres portées du lierre.

On apercevait aussi, près de lui, les billets de banque posés sur le prie-Dieu.

Le curé, regardant tour à tour ce don fait avec tant de simplicité et le jeune homme endormi, se prit à dire tout haut :

— Qu'il est bon !

Une voix fraîche et vibrante dit en même temps :

— Qu'il est beau !

C'était Suzanne, qui, dans l'arrangement de la maison, s'étant aperçue de la disparition de la pièce d'étoffe brune et bleue dont elle comptait se faire une mante, était venue la chercher dans la pièce voisine, et, de la porte ouverte, découvrant sa mante future roulée sur le sein de l'étranger, avait fait instinctivement quelques pas en avant.

Le pasteur et la jeune fille étaient donc tous deux plongés dans une admiration muette, lorsqu'au bout d'une minute seulement, et avant que l'abbé eût pu faire signe à Suzanne de s'éloigner, les traits de l'inconnu se contractèrent légèrement, ses lèvres s'agitèrent, et il dit de la voix sourde et brisée de ceux qui parlent en rêve ·

Beauté, grâces, jeunesse... apparences trompeuses !..
Ah ! ne croyez pas même... aux vertus généreuses,
On emprunte leurs traits tant que le soleil luit.
Pour dérober au jour les crimes de la nuit...

Ces paroles cruelles semblaient venir exprès pour refouler dans l'âme l'admiration confiante... Elles étaient à peine articulées, il fallait les reconstruire avec les accents entrecoupés, pourtant elles répandirent un froid mortel dans les veines des deux personnes qui venaient de les entendre.

— Va-t'en... va, mon enfant, dit le curé à Suzanne, l'air n'est pas bon ici pour toi... Il ne faut à ton âge, ni tant d'admiration ni tant de désenchantement.

Resté seul près de son hôte, l'abbé Aubert fut quelque temps troublé de ces paroles du sommeil, dont l'impression faisait un si frappant contraste avec ses sentiments : mais, se refusant à les prendre pour la révélation involontaire d'une âme coupable, il secoua plusieurs fois la tête en répétant :

— Non, non !... Il faisait un mauvais rêve..... voilà tout.

Le reste de la nuit se passa ainsi.

A cinq heures précises, un violent coup de sonnette retentit dans toute la cure. C'était Joseph qui, ramenant la voiture, arrivait à la tête d'une abondante provision de comestibles et de vêtements. Son appel bruyant mit tout le monde sur pied, au presbytère.

En même temps, le lever du soleil éveillait tous les habitants du hameau les uns dans leurs demeures, les autres dans l'étendue de la place. Suzanne alla faire, parmi ces derniers, la distribution de pain et d'objets de première nécessité ; et on entendit sous les fenêtres du presbytère des actions de grâces et un murmure animé, qui exprimait de tous côtés le soulagement et le retour à la vie.

— Ils seront bien heureux tout à l'heure, dit le curé à l'étranger, quand j'irai leur apprendre jusqu'où s'étendent vos bienfaits... Ces demeures que vous allez relever dureront plus que leur vie, plus que celle de leurs enfants : votre bonté sera inscrite sur la pierre dans notre petit hameau, et la reconnaissance de ses habitants demeurera immuable comme ce souvenir.

L'étranger serra cordialement les mains du pasteur ; et voyant que Joseph remenait déjà sa voiture déchargée sur la route, il prit congé de son hôte, en lui disant qu'il partait pour Paris, où il allait se fixer.

L'abbé Aubert, lui dit encore :

— Monsieur, vous avez fait trop de bien ici pour que j'ose vous demander votre nom, la charité la plus belle est aussi celle qui aime le mieux à se cacher... Mais, je vous en supplie, laissez-moi en partant quelque chose qui vous ait appartenu... Ce sera parmi nous comme une précieuse relique.

Le jeune homme accueillit gracieusement cette demande : il tira d'un carton que son domestique lui avait remis sur la place en venant prendre ses ordres, une gravure qu'il présenta au pasteur.

Celui-ci, après y avoir jeté les yeux, s'écria :

— Ah ! c'est votre portrait.

— Oui... c'est un de mes portraits... répondit l'inconnu.

— Je vous remercie de toute mon âme ! dit avec effusion le pasteur.

Enfin, après l'adieu le plus affectueux, l'étranger quitta le presbytère.

Le curé courut sur la place, où tout le hameau était encore rassemblé, en tenant le portrait d'une main, les billets de banque de l'autre. Il apprit aux habitants de Saint-Brice ce que le généreux étranger faisait pour eux. A ces paroles, il s'éleva mille cris, mille acclamations enthousiastes de joie, de reconnaissance.

— A l'église ! mes enfants, dit le curé. Allons prier Dieu pour lui !

Le prêtre entonna une hymne d'action de grâces ; l'assistance répondit de toute la puissance de sa voix et de son âme ; l'encens fumait dans l'enceinte ; la cloche, qui la veille au soir tintait si tristement, avait pris ses sons les plus allègres pour répandre dans les airs l'heureuse nouvelle de consolation et de délivrance.

Pendant ce temps-là, l'étranger descendait le sentier sinueux du coteau ; et ces chants arrivant jusqu'à lui à travers le feuillage embaumé du matin, étaient réellement la bénédiction des heureux qu'il avait faits, venant se répandre sur sa tête.

II.

OUBLI.

Des années s'étaient écoulées ; le hameau de Saint-Brice, avait repris son calme habituel, son existence laborieuse et résignée ; l'abbé Aubert y poursuivait avec plus de bonheur que jamais sa double mission de pasteur et de père.

Peu de jours après l'incendie, les chaumières détruites s'étaient trouvées remplacées par de petites maisons blanches couvertes de tuiles, percées de fenêtres garnies de vitrage, ce qui était un luxe nouveau dans le pays. Des couchettes neuves, des meubles plus modernes, un intérieur plus avenant, avait répandu parmi les habitants un peu de ce bien-être qui arrive à pas si lents dans le fond des campagnes. Une reconnaissance extrême était alors vouée dans tous les cœurs au bienfaiteur du village.

L'étranger en partant avait laissé son portrait au curé. Cette gravure rappelait ses traits, la seule chose qu'on connût de lui. L'abbé Aubert jugea qu'on pouvait placer cette image à l'église, parmi celles des saints qui protègent l'humanité, et tout le monde fut de son avis. Il s'agissait seulement d'installer cette effigie d'une manière convenable. A droite du petit temple, était une tête de saint François dans un cadre de bois noir, le cadre se trouvait encore en bon état, mais la toile, effacée par le temps, était du reste tellement percée et délabrée, que le grand saint ne conservait pas même figure humaine. Après mûre délibération, le conseil prononça qu'on pouvait déranger saint François de son cadre pour y placer le nouvel élu.

Ainsi, à tous les offices on priait à haute voix pour le bienfaiteur du pays, l'enfant de chœur lui donnait quelques coups d'encensoir, on faisait la génuflexion en passant devant son image, une fête solennelle célébrait chaque anniversaire de son passage dans le hameau.

Le sentiment pieux attaché sur quelque objet et les signes extérieurs qui le traduisent, composent le culte : ainsi, de la reconnaissance vouée au mystérieux bienfaiteur, et des hommages publics rendus à son image, il résulta que le bel étranger devint en quelque sorte le patron du village.

L'abbé Aubert jouissait pleinement de cette vénération générale, pour l'homme qui lui avait inspiré une profonde estime en même temps qu'une tendre sympathie ; il lui semblait qu'il était payé de ses soins incessants, de son dévouement de longues années par la gratitude qu'on montrait envers ce jeune homme inconnu.

La vie du bon prêtre n'avait jamais été si sereine, lorsqu'il se leva pour lui une de ces journées qui se montrent au matin si naturelles, si semblables aux autres, et qui enferment pourtant un événement funeste à toute l'existence.

L'évêque, en tournée dans son diocèse, vint visiter le hameau de Saint-Brice.

Le prélat voulut même bien officier dans la modeste église. Dès son arrivée, il monta à l'autel, assisté de son grand vicaire et du curé du lieu. L'abbé Aubert, se félicitant de cette messe épiscopale, que dans le fond de son âme il jugeait bien plus efficace que les siennes au salut de ses ouailles, servit l'office avec la plus grande ferveur.

La bénédiction était donnée, le dernier flot d'encens s'effaçait, l'évêque descendait de l'autel entre son premier vicaire et le curé, l'assistance revêtue de ses plus beaux atours suivait à pas lents, lorsque les regards du prélat tombèrent sur le portrait élevé au rang glorieux des saints du paradis.

Il s'arrêta subitement et laissa échapper un cri de surprise ; puis il s'approcha du portrait, le regarda encore, comme pour s'assurer que le témoignage de ses sens ne le trompait pas, bien qu'il lui offrît une chose impossible à croire. Il lut même un nom écrit au bas de la gravure, et qui, tracé en caractères gothiques, n'avait pas été déchiffrable pour les habitants de l'endroit. Alors, convaincu par cet examen, il se rejeta en arrière en levant les mains au ciel et en s'écriant avec un accent d'horreur :

— Le vampire !

Le grand vicaire, sans savoir de quoi il s'agissait, répéta le geste d'indignation de son supérieur en l'exagérant un peu.

A ce nom inconnu, à cette expression fulminante, les paysans restèrent stupéfaits et dans une attente anxieuse.

Mais aussitôt l'évêque continua d'une voix formidable :

— D'où vient cette image?.. Comment est-elle dans l'église? qu'y fait-elle?..

Le curé, bien que l'intimidation troublât un peu sa voix, raconta avec candeur et fidélité tout ce qui était arrivé.

Pendant ce récit, les habitants du village se pressaient autour des membres du clergé, interrogeant la figure de l'évêque, tremblant de sa colère, mais avides de savoir quelle en serait l'issue.

— Et c'est un tel homme que vous avez placé dans le temple de Dieu! s'écria le prélat, que la connaissance des bienfaits de l'étranger n'avait nullement touché. C'est pour lui que vous avez répudié la sainte image de saint François!... Et vous dites la messe devant lui!.. Ah! Dieu puissant!.. ah! c'en est trop!

Et dans son ire foudroyante, l'évêque arracha de ses propres mains l'image du réprouvé du cadre qui la contenait, il la foula aux pieds et sortit majestueusement.

La foule le suivit la tête basse, consternée, frémissant encore de l'anathème terrible qui venait de tomber sur l'objet de son culte, sans pouvoir le moins du monde en deviner la cause.

Le curé n'avait pu faire aucune résistance devant l'arrêt suprême d'un chef de l'Église; mais il demeura de quelques pas en arrière, se baissa doucement en collant le bras à son corps, ramassa le portrait gisant sur la dalle, et le glissa sous sa soutane.

Le reste du jour, le prélat ne revint point sur cet événement; il parut même avoir calmé un courroux dont les ressentiments auraient pu troubler la réfection qu'il prit chez le curé en sortant de l'église, et il partit le soir de Saint-Brice.

L'abbé Aubert était trop pénétré de ses devoirs pour se mettre en opposition avec son supérieur, même par la tristesse qu'il aurait pu laisser paraître de la scène du matin. Il fit bonne contenance tant que le prince de l'Église honora la cure de sa présence; mais le soir, demeuré seul, il sentit toutes les douleurs de la blessure qui lui avait été faite. Le cœur serré, les yeux humides de larmes, il considéra longtemps ce portrait froissé, répudié, pour découvrir quel mystère de malheur pouvait planer sur lui. Enfin il sortit et alla dans la campagne chercher un peu de calme dans la fraîcheur de l'air et la vue du ciel.

Comme il avait tourné le village pour éviter toute rencontre et rêver en liberté, il vit tous les habitants de Saint-Brice réunis sous une longue tonnelle et assis à de petites tables garnies de cruches et de verres. Il prit alors un sentier qui allait en s'enfonçant dans un taillis de chênes, et par lequel il pouvait longer le berceau de vigne sans être aperçu.

Lorsqu'il fut arrivé à cet endroit, il entendit parmi les villageois une conversation très-animée, et dont le sujet l'intéressait trop pour qu'il ne s'arrêtât pas à écouter un peu ce qui se disait, afin de connaître la situation des esprits par rapport à l'événement dont on s'entretenait.

Les paysans avaient été tellement étourdis, bouleversés par la scène qui avait eu lieu à l'issue de la messe, par cet étrange anathème de l'évêque porté sur l'objet de leur vénération, que le soir venu, il leur avait été impossible de se livrer aux jeux et à la danse qui signalaient les autres jours de fête. Ils ne pouvaient que se communiquer leur trouble, leur étonnement, et discourir à perte de vue sur des circonstances qui éveillaient autant de curiosité que de tristesse.

Bien que les notables du hameau fussent assis à différentes petites tables, l'entretien était général entre eux; et les femmes, les jeunes gens se tenaient appuyés aux dossiers de leurs chaises de jonc pour les écouter.

A l'instant où l'abbé Aubert, dérobé par l'épaisseur du taillis, commençait à écouter ce qui se disait sous la tonnelle, c'était le père Boudart qui tenait la scène.

Seul au milieu de tous, le maire était épanoui, radieux; son contentement avait été des plus vifs lors de la catastrophe survenue à l'idole du hameau, à l'image de ce beau jeune homme dont il était devenu l'ennemi au moment où il avait eu à rougir devant lui. Il avait de plus une petite instruction de village qui lui permettait de comprendre et d'expliquer jusqu'à un certain point les paroles de l'évêque et sa mystérieuse malédiction.

— Un vampire, disait-il en ce moment, vous ne savez pas ce que c'est qu'un vampire!

— Seigneur, non!..

— Imaginez-vous un être au-dessous du dernier des démons, et vous serez encore loin de la vérité.

— Vous faites frémir... parlez donc, père Boudart.

— Un vampire, c'est un mort...

— Un mort!

— Oui, un mort qui a eu commerce dans l'autre monde avec un esprit des ténèbres, et qui a reçu de lui le pouvoir de sortir de sa tombe, au clair de lune. Voici donc mon trépassé qui vient se promener sur la terre une nuit où la lune brille, comme ce soir!..

Les jeunes gens, pressés les uns contre les autres, regardaient craintivement derrière eux et se sentaient glacés en ce moment-là par les douces lueurs de la nuit.

— Puis, continuait le maire, il s'introduit dans le lit d'une jeune fille, et tandis qu'elle est endormie, il boit le sang de son cœur jusqu'à la dernière goutte. Elle meurt, et son meurtrier revient à la vie, jeune, beau, séduisant et ayant pris en partage tout le cours de l'existence qui eût été donné à sa victime... C'est donc sous cette forme que vous l'avez vu.

— Lui, grand Dieu!..

— C'est un de ces morts vivants qui est venu ici! mandait-on en frémissant.

— Écoutez bien. Par l'entremise de ce même démon qui lui a donné la faculté de revenir sur la terre, il obtient encore des richesses, des titres, du pouvoir autant qu'il en désire; il accomplit ce qu'il veut, même des choses surnaturelles. Puis, quand il a terminé cette existence usurpée, il meurt pour renaître encore par la même puissance maudite.

— Mais est-ce bien un monstre semblable qui nous est arrivé une nuit?

— Vous l'avez entendu de la bouche même de monseigneur l'évêque, dit le maire en se découvrant; j'espère qu'on peut y croire... De plus, je puis dire que je m'en étais toujours douté.

— Vous n'en avez pas soufflé mot!

— Je devais me défier de mes propres lumières devant la prédilection de M. le curé, qui, malheureusement, s'était épris pour ce monstre d'une estime particulière. Cependant je l'ai prévenu tout d'abord.... Je lui ai dit : méfiez-vous de cet homme... Je le lui ai dit... il ne peut le nier.

— Mais comment avez-vous deviné pareille chose?

— D'abord, le soir à jamais malheureux de son arrivée ici, j'ai soupé avec lui chez M. le curé..... J'ai observé cet homme qui se trouvait là subitement sans que personne l'eût vu arriver. La première chose qu'il a faite a été de feindre d'avoir grand'faim pour la seule raison de manger du lard un vendredi... Ensuite, quand il a su que le bois où le feu avait pris ce soir-là appartenait aux domaines de l'évêché, il en a témoigné une joie extraordinaire, signe certain de son alliance avec l'ennemi de Dieu et de la guerre dans laquelle il est entré contre l'Église... Puis, tandis que le bois brûlait, j'ai vu... positivement vu... des reflets rouges venir errer sur son visage, comme des signaux de triomphe que lui envoyait Satan lorsqu'il s'emparait d'une terre sainte.

— Miséricorde!.. c'est à mourir d'effroi.

— Voilà ce que j'ai vu... et qui sait le reste!..

— Quoi donc... mon Dieu!

— Rien... je ne veux rien dire..... Mais enfin le feu du ciel est tombé sur le village, juste au moment de son arrivée ici.

— C'est vrai.

— Qui sait si un être semblable, à qui tout est possible, n'a pas appelé ici la foudre... Je ne suppose rien... mais enfin il aurait pu ensuite jeter aux malheureux incendiés des richesses qui ne lui coûtent rien, pour jouir du plaisir de se voir adorer.

A cette affreuse suggestion, l'abbé Aubert ne put supporter plus longtemps les impressions poignantes dont le pénétraient l'ingratitude, la calomnie; il sortit lentement et le front baissé du taillis.

Certes l'assertion de l'évêque était du plus grand poids aux yeux de ce simple pasteur; ce que Boudart venait de rapporter était vrai jusqu'à un certain point; bien plus, les paroles que le curé avait entendu prononcer à l'étranger lui-même pendant son sommeil l'accusaient encore davantage: n'avait-il pas dit, lorsque la vérité devait involontairement sortir de sa bouche, qu'il fallait se méfier de toute apparence séduisante, même de celle d'un bon cœur... Pourtant le soupçon n'entra pas une minute dans l'âme du pasteur. Une voix intérieure lui disait que l'étranger était un homme de bien, humain, généreux, répandant ses bienfaits par simple pitié pour les malheureux; il s'en tenait à cette croyance sans lutte, sans remords, et ses sentiments pour l'inconnu étaient toujours les mêmes.

Cependant, depuis ce moment, le nom du bienfaiteur du hameau disparut de l'office; il ne fut plus évoqué dans le prône du dimanche: le cadre où avait été le portrait resta vide; il fallait respecter l'arrêt suprême de l'évêque. Le pasteur renferma en lui tous les regrets causés par ce changement subit, et cacha une affection profonde que redoublaient le silence et la solitude de ses pensées.

Une seule personne avec lui gardait encore le souvenir de l'étranger. Suzanne était toujours près du pasteur; la jeune fille n'avait pas voulu se marier; elle n'aimait dans le pays que les enfants et les malheureux. Sans jamais oser parler de celui qui avait été frappé d'interdiction, elle laissait souvent voir à son maître que ses sentiments pour le généreux inconnu n'avaient pas subi l'influence commune. Quand l'abbé Aubert, de retour dans cette salle basse où il avait reçu son hôte, se livrait à un de ses longs accès de tristesse, Suzanne attachait sur lui un regard humide où l'excellent prêtre pouvait lire que la jeune fille comprenait et partageait ses peines. Le portrait banni de l'église avait été attaché à la tapisserie, dans un angle de la salle que dérobait un paravent, au-dessus d'une tablette garnie de livres; et plusieurs fois le curé, en allant prendre ses Heures, vit des vases de fleurs posés parmi les livres saints, et dont le parfum s'élevait comme un mystérieux encens vers une image toujours chérie... Enfin Suzanne ménageait précieusement la mante dont l'étoffe, avant d'être taillée, avait abrité une nuit le jeune étranger de la fraîcheur de l'air. A la campagne, les habillements durent longtemps: la mante de Suzanne devait durer toute sa vie!...

Lorsque le temps eut passé sur l'étrange et inexplicable anathème prononcé par l'évêque, et sur les calomnies que le maire avait su répandre à ce sujet, l'abbé Aubert essaya de combattre les impressions funestes qui étaient sans doute restées dans l'âme des paysans, et d'éveiller leur reconnaissance. Sans parler ouvertement du réprouvé, il attirait l'attention des habitants du hameau sur la solidité et l'agrément des maisons reconstruites, sur la belle venue des vergers qui avaient été replantés après l'incendie... Mais pas un souvenir ne lui répondait!.. Là où il avait craint de rencontrer la répulsion et la terreur, il trouvait l'insouciance, plus funeste, et l'absence totale de toute mémoire.

La supériorité est rare dans le cœur comme dans l'esprit; la plupart des hommes n'ont qu'une faible part de sentiment comme une étincelle d'intelligence. Après quelque temps d'enthousiasme pour le bienfaiteur du pays, après quelques mouvements de terreur superstitieuse à son sujet, les habitants de Saint-Brice avaient perdu toute trace de son souvenir: la mousse commençait à croître sur les cabanes qu'il avait élevées, et, avant ce temps déjà, l'oubli avait gagné le cœur de ceux qu'elles abritaient.

Dès lors l'abbé Aubert désespéra de sa cause; l'indifférence dont il voyait payer tant de générosité devint un tourment pour lui. Cette reconnaissance, qui aurait dû régner dans toute une population refoulée dans son âme seule, s'exalta davantage et prit sur lui une puissance extraordinaire. Comme tous les sentiments concentrés par la crainte, combattus par les obstacles, elle prit le caractère agité, douloureux de la passion.

Un jour enfin le curé dit à Suzanne:

— Mon enfant, je ferai aujourd'hui ton ouvrage à la maison... Fais-moi le plaisir d'aller à la ville m'acheter une paire de souliers neufs, bien renforcés et à double rang de clous.

Puis le jour suivant:

— Suzanne, raccommode, je te prie, ma redingote et mets-y des parements neufs... il faut qu'elle tienne longtemps.

Enfin le lendemain matin:

— Ma fille, dit-il, brosse bien mon chapeau rond et mets-y la toile cirée afin qu'il puisse être préservé de la pluie.

— Sans reproche, monsieur le curé, dit Suzanne, vous n'avez jamais fait tant de frais de toilette.

— Bien... Maintenant mets dans un mouchoir bleu deux chemises et un bonnet de nuit... de manière à ce que je puisse nouer le paquet au bout de mon bâton.

— Mon Dieu!... monsieur le curé...

— Oui, mon enfant, je vais partir... faire un petit voyage... ne t'effraie pas... Maintenant tu es une personne faite, d'une raison et d'une sagesse accomplies, quoique toujours plus jolie; on peut te confier pour quelques jours les soins de la maison. Fais à ma place l'instruction aux enfants, veille bien sur nos malades... N'oublie pas notre jardin... nos simples qui vont verdir... elles sont comme nous, mon enfant, et font le bien par le secours de Dieu seul.

Là-dessus il embrassa la jeune fille au front et partit.

Dès que le curé fut descendu sur la grande route poudreuse, il répéta à part lui les raisons qui l'avaient engagé dans son voyage.

— Un pressentiment me dit, pensait-il, qu'en allant le retrouver, je pourrai faire quelque chose pour lui... et cette pensée d'être utile une fois à celui qui a tant fait pour nous me possède depuis longtemps... Mais si je suis trompé en cela, il est indispensable pour mon repos d'aller le remercier une fois encore avant de mourir, et lui assurer que je n'ai pas perdu le souvenir de sa bonté.

Ainsi poursuivi de son idée fixe et entraîné par un sentiment irrésistible, l'excellent homme venait à pied à Paris, décidé à marcher par tous les temps, en demandant son chemin de ville en ville, et en se confiant du reste en la bonté de Dieu pour accomplir son modeste pèlerinage.

III.

RÉCOMPENSE.

Le curé de Saint-Brice arriva à Paris le 15 octobre de l'année 1824, vers dix heures du matin. Il avait mis douze jours de marche à venir du fond de sa province. A la porte Saint-Antoine, il s'arrêta dans un petit restaurant pour prendre son frugal déjeuner et secouer la poussière du voyage.

L'espoir que nourrissait l'abbé Aubert de retrouver son hôte inconnu, au milieu de cette grande ville, n'était pas aussi insensé qu'on aurait pu le penser. Il avait apporté avec lui le portrait de l'étranger, et, sans être très au fait des choses de ce monde, le pasteur de Saint-Brice jugeait bien qu'un homme dont le portrait était gravé, et par conséquent multiplié à l'infini, devait être assez connu dans la ville pour qu'on pût facilement retrouver ses traces. De plus, le nom de l'artiste et du marchand étaient au bas de la gravure, et l'un ou l'autre pourrait sans doute indiquer la demeure du haut personnage qu'elle représentait à celui qui était venu le chercher de si loin.

Après avoir réparé ses forces, l'abbé Aubert pénétra dans le vaste réseau de rues qui se développaient à l'infini devant lui. Il marcha d'abord au hasard pour se faire une idée des localités, et diriger ensuite ses démarches.

La nouveauté de cette atmosphère de bruit et de mouvement dans laquelle il était engagé, jetait un certain éblouissement sur sa vue et sur sa pensée. Ces lignes immenses de façades, ces lointains de rues toujours plus prolongés à mesure qu'il avançait, ces flots de population lui montrant à chaque pas des hommes que, dans sa pensée, il avait toujours nommés ses frères, sous un aspect nouveau à ses yeux, tantôt magnifique, tantôt hideux et sinistre, et toujours également loin de lui, tout ce tourbillon lui donnait le vertige. Il allait sans cesse en avant, fasciné par ce puissant mirage, et il traversa ainsi sans s'en apercevoir une grande partie de la ville.

Comme il suivait depuis quelque temps un boulevard, la haute arcade de la porte Saint-Martin s'éleva devant lui, il s'engagea dans la longue rue qui s'ouvre sur ce point.

Mais arrivé à une certaine hauteur, il se trouva subitement arrêté dans sa marche ; une foule prodigieuse s'était amassée en cet endroit et obstruait la largeur de la rue. Il essaya vainement de se diriger d'un autre côté ; de toute part se rencontrait le même concours de monde.

L'abbé Aubert s'arrêta enfin pour examiner les lieux où il se trouvait.

Devant lui s'élevait la façade sombre et irrégulière d'une église gothique. C'était au pied de l'antique édifice que se trouvait le centre du rassemblement ; la foule s'y montrait agitée, tumultueuse, et les passants de toutes les rues circonvoisines venaient sans cesse en grossir les rangs.

L'église, morne, silencieuse, tenait toutes ses portes fermées ; aucune lumière, aucun son ne venait de l'intérieur, qui semblait entièrement désert. Cependant le mouvement impétueux, les clameurs incessantes se portaient entièrement de ce côté ; les vagues grondantes de la foule allaient battre le pied de ces murailles vers lesquelles s'élevaient de toute part des gestes de menace et des cris de colère.

Au fond des rues, on apercevait par-dessus les masses du peuple, les uniformes et les sabres, des gendarmes, qui se tenaient en arrêt et attendaient des manifestations plus hostiles pour agir.

Tandis que l'abbé Aubert s'était arrêté à regarder ce spectacle, de nouveaux rangs de population l'avaient entouré, et il lui était devenu impossible de quitter sa place.

Il demeura donc là, étonné, étourdi, à la vue de ce rassemblement qui lui semblait formé d'un peuple entier, et ne sachant pas même dans la ville où il se trouvait quelle devait être la portée d'un événement pour attirer ainsi l'affluence et l'émotion de la foule.

Tout à côté du curé de Saint-Brice était une femme âgée, vêtue de noir, qui paraissait apporter à ce qui se passait un intérêt particulier, plus vif, plus profond que le sentiment général par lequel se laissait emporter la multitude. Elle semblait avoir besoin de trouver quel-

qu'un à qui communiquer les impressions qui la dominaient : à chaque instant, elle entr'ouvrait les lèvres et regardait autour d'elle... Enfin, rencontrant la douce et vénérable figure de l'abbé Aubert, elle se décida à lui adresser la parole.

— N'est-ce pas bien malheureux, monsieur, lui dit-elle, de mourir encore si jeune, si beau... et si bon !

Le curé, à ces mots, éprouva un douloureux saisissement sans en connaître la cause.

— Mourir... qui ? demanda-t-il d'une voix un peu altérée.

— Oui... et sans même recevoir les prières de l'Église, continua-t-elle.

— Mais qui donc est mort, Madame ?

— Vous ne le savez pas !... M. Philippe, un acteur très-célèbre dans son art... et le meilleur cœur du monde !

— Vraiment !

— Oh ! personne ne le sait mieux que moi, Monsieur !... à la mort de mon mari, M. Philippe m'a sauvée de la misère... moi et mes enfants... Oui, je me plais à le dire... je le dis à tout le monde.. c'est à lui que je dois d'exister encore. Et quand je vois qu'on lui refuse à cette heure une prière, une goutte d'eau bénite !... Mon Dieu !... Mon Dieu !...

— Mais d'où vient ce refus ? demanda le curé toujours plus ému... Qu'est-il donc arrivé ?...

— Rien, monsieur. C'est que M. Philippe appartenait au théâtre... et comme il est mort hier à cinq heures du matin, dans son domicile de la rue des Marais, des camarades se sont rassemblés aujourd'hui pour lui faire un beau convoi... Il y avait aussi beaucoup de gens distingués de la ville, car M. Philippe était bien aimé !... Mais lorsque le cortége funèbre est arrivé ici, les prêtres de Saint-Laurent ont refusé d'officier et ont fermé toutes les portes comme vous les voyez, sous prétexte que les comédiens sont excommuniés et hors de l'Église.

— Ils ont fait cela ! dit l'abbé Aubert tristement.

— N'est-ce pas, Monsieur !... Un homme si bienfaisant, si généreux !... On ne tient aucun compte de ses vertus, et on ne s'attache qu'à sa profession, qui est en dehors de lui... la religion dit pourtant qu'il ne faut pas regarder l'homme à l'écorce, mais au cœur... Et lui, qui a été juste et bon, on refuse de lui rendre les saints devoirs... ce qu'on ne ferait pas pour le dernier des misérables....... Aussi, les amis de M. Philippe ont jeté les hauts cris... Ils ont voulu enfoncer les portes... Tous les prêtres se sont sauvés de l'église par la sortie de la rue de la Fidélité. Ça n'a fait qu'augmenter le tapage... On a frappé de grands coups contre le portail, et lancé des pierres aux vitraux... Tenez !.. tenez, monsieur, voilà que ça recommence.

En effet, le tumulte devenait plus violent. Le cercueil était posé sur les degrés de l'église. Ceux qui l'entouraient, plus ardents que les autres à vouloir introduire les dépouilles mortelles dans le saint lieu, élevaient des clameurs éclatantes, puis, rompant le brancard qui avait apporté le cercueil, ils frappaient avec ses débris des coups acharnés et violents contre les panneaux du portail ; tandis que d'autres s'armant de tous les projectiles qui pouvaient tomber dans leurs mains, les lançaient contre la façade et criblaient de leurs coups pressés la large rosace qui surmonte le fronton, les antiques sculptures des murailles, les anges et les saints que jusque-là le temps seul avait atteints dans leurs niches consacrées.

Mais rien ne répondait à ce violent appel. Les chocs impétueux allaient se perdre en grondements sourds dans la nef solitaire ; les énormes panneaux de chêne recevaient sans s'ébranler les coups les plus furieux ; les pierres retombaient en entraînant seulement quelques lambeaux des frises découpées ; l'horloge seule, accompagnée de son antique pignon, sonnait les heures de sa voix lente et monotone, comme pour montrer qu'au milieu de cette tempête de la foule, rien ne troublait l'ordre impassible du sanctuaire.

Et à chaque instant de cette lutte inégale, l'impatience de la multitude devenait plus irritée, plus éclatante L'anxiété, la tristesse instinctive de l'abbé Aubert redoublait en écoutant cette femme que le hasard avait placée près de lui... Certes les bons cœurs sont rares, mais enfin, il y en a encore plus d'un au monde. Cependant, le curé voulait absolument que ce fût cet homme dont on lui parlait, cet homme jeune encore, beau, humain, généreux, qui eût sauvé le hameau de Saint-Brice.

— Au nom du ciel, madame, dit-il à la veuve, répondez-moi: Ce monsieur Philippe était-il depuis longtemps à Paris?

— Depuis neuf ou dix ans.... Il revenait alors de Naples où il avait été le premier tragédien et, à ce qu'on dit, l'ami du roi Murat.

— Du roi Murat! répéta vivement l'abbé.

— A son arrivée à Paris, il a pris tout de suite un rang très-élevé au théâtre, par plusieurs rôles qu'il a créés avec un rare talent, et surtout par celui du Vampire, dans lequel il a obtenu beaucoup de succès, et qui lui a donné même une grande popularité.

— Mon Dieu! s'écria l'abbé, le portrait du roi Murat! les paroles de l'évêque! le nom de *vampire*!.. Ah! madame, dites-moi, je vous en supplie, depuis son retour à Paris, s'est-il absenté de cette ville?

— Oui: il y a six ans à peu près, il a fait une tournée dans la Bourgogne, je crois, et dans le midi de la France..... Mais, mon Dieu! monsieur, qu'avez-vous donc!

— Oh! c'est assez !.. c'est lui!.. c'est bien lui !.. dit le curé en joignant les mains, et en levant au ciel des yeux baignés de larmes.

Son interlocutrice n'eut pas le temps de lui en demander davantage. L'émeute prenait une violence effrayante. En quelques minutes, la population de tout le quartier était venue grossir la foule déchaînée, audacieuse dans sa force et dans sa colère; des rangs de multitude s'étendaient dans la longueur des rues, où couraient en se répercutant de mugissantes clameurs. La gendarmerie, qui voulait fendre à cheval ces flots pressés, avait rencontré une impétueuse résistance. Des collisions s'étaient engagées sur plusieurs points entre les cavaliers et le peuple; les sabres sortaient du fourreau, les pierres volaient et sifflaient de toutes parts dans l'espace; le roulement du tambour qui se faisait entendre au loin, annonçait l'arrivée de la troupe, dont les détachements venaient soutenir la force armée, et redoublait l'exaspération du peuple... La tempête allait toujours grossissant.

En même temps les acteurs de tous les théâtres, les artistes, les amis de Philippe, toujours pressés contre les murs de l'église et réunis autour du cercueil, par cette volonté aveugle, opiniâtre, qui s'anime au refus et s'exaspère à sa propre violence, continuaient à demander à grands cris les prières de l'Église pour le corps qui gisait sur le seuil.

— Ouvrez les portes! criaient des voix retentissantes.

— A l'église!

— Un prêtre! un prêtre!

A ce mot l'abbé Aubert tressaille, une pensée descendue en lui fait vibrer tout son être.

— Mais, mon Dieu, se dit-il, moi aussi je suis prêtre! moi aussi je peux bénir ces dépouilles mortelles et prononcer les paroles qui ouvrent l'éternité!

— Et tandis que mille voix répètent à l'envi: un prêtre! un prêtre!

— Oui!.. Oui!.. répond-il exalté, le cœur palpitant, un prêtre!.. je suis à vous!..

Aussitôt, sans qu'on puisse savoir par quelle force inconnue cet homme faible, tremblant, parvient à fendre une foule pressée, compacte, agitée par un flux continuel, le curé s'ouvre les rangs et avance rapidement vers le péristyle de l'église.

Dans de tels instants, la pensée est rapide comme l'éclair, et pendant ce trajet d'une minute l'abbé Aubert se disait:

— Mon cœur ne me trompait pas... Je pouvais faire quelque chose pour lui... Il attend une prière sur ses restes mortels... Oh! ce n'est pas une illusion! ce corps glacé qui a perdu tous les besoins, toutes les ambitions de l'existence, auquel une couronne serait inutile, demande à cette heure une bénédiction suprême pour reposer en paix dans la tombe. . Écoutez-les! Ses amis, ces jeunes gens qui pour la plupart n'ont point de foi, ils appellent à grands cris les secours de la religion sur un cercueil... Grâce soit rendue au ciel .. O noble bienfaiteur, je puis t'être utile à mon tour... Hélas! je ne croyais pas que ce secours dont il m'était réservé d'user envers toi fût si pénible à mon cœur!

L'abbé Aubert est arrivé au pied des murs de l'église; il paraît tout à coup devant le cercueil qu'entoure une foule de jeunes hommes agités.

— Messieurs, dit-il, je suis prêtre, je viens rendre les derniers devoirs à l'ami que vous avez perdu.

A l'aspect de cet homme d'une figure digne et sainte, à sa pâleur qui révèle une émotion profonde, à l'accent pénétrant de sa voix, nul ne doute qu'il ne soit revêtu d'un pieux ministère.

— Bien! bien! s'écrie-t-on de toute part, voilà l'homme de cœur! le vrai prêtre! honneur à lui!

En même temps, l'abbé Aubert entre dans la sacristie, dont le desservant qui a entendu ses paroles n'ose lui refuser la porte; il revêt à la hâte une soutane, un surplis; il revient se placer devant le portique, et, les mains étendues sur le cercueil, il dit les prières des morts.

L'assistance l'écoute avec recueillement, et quelques voix répondent aux versets des psaumes.

A cet instant, il s'opère une révolution étrange; l'agitation, le tumulte, les bruits éclatants s'apaisent comme par enchantement. Le silence qui s'est établi devant le sanctuaire gagne rapidement l'étendue. Ceux qui peuvent apercevoir le simple et touchant service funèbre, le contemplent avec une satisfaction immobile, ceux qui sont plus éloignés suspendent subitement leur rumeur en voyant que le repos vient de s'établir dans le centre d'où l'émeute s'est élevée; le calme s'étend rapidement sur cette foule comme un cercle qui s'élargit sur la surface de l'eau; le choc qui allait éclater entre la population et la force armée retombe de luimême; les bras levés s'abaissent, le bruissement des armes se tait.

Quand l'office des morts est terminé, le prêtre s'adressant à l'assistance, ajoute ces mots:

— O vous tous que l'Église a offensés par un refus sévère, pardonnez-lui. Nous avons tous besoin d'indulgence, nous, serviteurs de Dieu, comme vous hommes du monde. . C'est une fraternité de plus. Au nom de la rémission que Dieu vient d'accorder par ma bouche à celui qui a vécu, éloignez-vous de ce temple sans murmure et sans haine contre ses ministres.

Un silence religieux qui succéda à ces paroles fit connaître qu'elles avaient été entendues.

La foule s'écoula en élargissant ses rayons et alla se disperser au loin.

Les amis de Philippe enlevèrent son cercueil dans leurs bras, et, suivis d'un nombreux cortége, ils se disposaient à transporter ainsi l'artiste regretté à sa dernière demeure. Mais comme le convoi arrivait sur le boulevard, des officiers de police firent placer le corps dans un char mortuaire, accompagné de quelques cavaliers.

L'autorité redoutait encore ce proscrit de la société qui, étendu dans son linceul, avait été près de soulever le peuple et de bouleverser l'ordre de la ville. Ceux qui avaient obtenu les prières qu'ils réclamaient pour le mort, ne s'opposèrent plus aux mesures de l'autorité. Seulement les collègues, les amis les plus intimes de Philippe et l'abbé Aubert, se jetèrent dans des voitures de place, et suivirent les traces du char qui fuyait rapidement devant eux.

Celui dont les funérailles prenaient ce cours précipité avait été enlevé de bonne heure à la vie, à sa carrière; et maintenant le char mortuaire qui l'emmenait dans le dernier asile, quittant sa gravité, sa lenteur ordinaire, franchissait l'étendue, rapide comme le vent; il sem-

Les funérailles de Philippe.

blait que la mort fût toujours avide et pressée d'en finir avec lui.

En peu d'instants le convoi eut atteint la hauteur du Père-Lachaise. Arrivé là, l'abbé Aubert bénit la terre où allait reposer Philippe ; les amis de l'artiste prononcèrent quelques paroles d'adieu sur sa tombe, et tout fut terminé (1).

Le curé de Saint-Brice demeura à prier sur la place où il se retrouvait, pour un instant encore, auprès de son ami d'un jour !

Le pasteur était seul dans le champ funèbre, avec le jour d'octobre qui revêtait les marbres et les ombrages mortuaires de la lumière pâle et vaporeuse en harmonie avec leur caractère religieux. Il regardait les

dernières feuilles de l'année, que le souffle de l'air détachait de leurs tiges, tomber par essaims sur cette terre où le vent de la ville jetait aussi à chaque instant tant de débris humains.

— Tous ces vestiges, dit-il, sont aussi fragiles, aussi périssables les uns que les autres... Si ce n'est pas le souvenir qui s'attache à quelques-uns d'entre les hommes... je garderai éternellement dans mon cœur la pensée de celui qui repose à cette place...

Quand les derniers rayons du jour s'éteignirent sur les croix dorées des tombeaux, le curé de village descendit du magnifique cimetière, la seule des splendeurs de Paris qu'il dût connaître.

Dans les jours suivants, les épais brouillards de l'hiver commençaient à descendre sur la terre. Au milieu de cette atmosphère assombrie, passait le curé de Saint-Brice, qui, paisible maintenant, et n'emportant dans son cœur qu'une douce tristesse, suivait lentement et appuyé sur le bâton de voyage la longue route qui le ramenait à son hameau.

(1) Par une coïncidence remarquable, quoique assez naturelle. Philippe, artiste dramatique, connu par des traits de bienfaisance admirable, était l'ami intime de M. Moessard, artiste du même théâtre, auquel l'Académie française a décerné le prix de vertu.

FIN DU DIABLE DANS UN BÉNITIER.